現代知識×魔法を活かして
夢のスローライフのため
絶賛開拓中！
The exiled reincarnated duke wanted to take it easy on the frontier and work the fields.
追放された転生公爵は、
辺境でのんびりと畑を耕したかった
～来るなというのに領民が沢山来るから
内政無双をすることに～
3

ヨシュアのメイド
エリーゼ（通称エリー）
真面目な性格で、実は怪力。
仮面の騎士
リッチモンド
街の警備部隊の主任。
ヨシュアのメイド
アルルーナ（通称アルル）
実は、凄腕の暗器使い。
魔法研究の第一人者
セコイア
魔法の扱いにたけ
特に精霊魔法が得意。

カボチャを使った
スイーツ試食会を開催！
ヨシュアの執事
ルンベルク
超絶な剣技を持つ元騎士。
ヨシュアの元秘書官
シャルロッテ・ガーデルマン
ガーデルマン伯爵令嬢で、
ルーデル公国では文官として
活躍していた。
異世界転生者
ヨシュア・ルーデル
元サラリーマンから
公国を統治する公爵に転生。
公国を追放された後、
肩書きを新たに辺境伯として
辺境の領地開拓を進めている。
異世界転生者
ペンギン
元日本人で宗次郎という名だった。
現在、領地の開拓を手伝っている。

いざ、気球に乗って
空からの偵察へ！

The exiled reincarnated duke wanted to take it easy on the frontier and work the fields.

追放された転生公爵は、辺境でのんびりと畑を耕したかった

～来るなというのに領民が沢山来るから内政無双をすることに～

3

著 うみ

ill. あんべよしろう

口絵・本文イラスト
あんべよしろう

装丁
木村デザイン・ラボ

CONTENTS

プロローグ	相も変わらずのんびりできない日々が	005
第一章	大工事と息切れ散歩	013
閑話一	ヨシュア追放後のルーデル公国　十八日目	067
第二章	水道橋	080
閑話二	ヨシュア追放後のルーデル公国　二十四日目	129
第三章	思わぬ来訪者	147
第四章	解明せよ、そして克服せよ	205
閑話三	ヨシュア様を膝枕しちゃった	218
第五章	これがカガクの力だ	221
閑話四	ヨシュア追放後のルーデル公国　三十五日目	257
エピローグ	予言と神託の意味とは?	268
特別編一	牛のお世話	278
特別編二	ヨシュアの花嫁	283
	あとがき	287

プロローグ　相も変わらずのんびりできない日々が

「ルーデル公爵。『公爵は君臨すれども統治せず』を目指すとおっしゃっておりましたが、そのお考えに変わりはありませんか？」

と聖女に問われ、「政治を神の下《もと》に戻す」という名目でルーデル公国から追放刑を受けた。

前世ではハードワークが祟《たた》って過労死した経験から、今世こそは「のんびり暮らしたい」と願っていた俺にとって追放刑は願ってもない話だったのだ。

意気揚々と追放先の辺境に向かい、さあて「畑でも耕すか」と思ったところ——。

俺を慕っていた公国の領民たちが大挙して押し寄せてきてしまう。

彼らに公国へ帰ってもらおうにもそのような状況ではなく、受け入れることになった。

そのため俺たちは、辺境の地カンパーランドに街を作ることになったんだ。街の名前はオラクル。

とにかく領民を飢えさせないため、日に日に増える領民を統制し生活基盤を整えるためにあれやこれやと手を打った。

だけどまあ、辺境の地は辺境になるべくしてなったわけでさ。

なんと、生活必需品たる「燃焼石」と「魔石」が無いときたもんだ。

水車の動力で何とか鍛冶場《かじ》だけを稼働させたものの、資源問題は根が深く公国時代の暮らしなどまだ夢物語だった。

そんな折、周辺の探索をしていたところ、稲妻をビリビリと発することのできる猛獣「雷獣」と出会う。

雷獣の協力を得て、磁石を作製しついには電気を作り出すことに成功したんだ。

電気から魔石を作り出せないかとあれやこれや思案していたところ、元日本人だというペンギンと出会ったんだ。

彼の協力を得て、バッテリーの開発に成功。

ついに発電から魔石、燃焼石を作り出すことができた。

この技術を使い、辺境が不毛だと言われた原因である魔石と燃焼石の資源問題を解決する目途が立つ。

一方、街の人口は伸び続け、謎の石像まで完成する。あの石像はなるべく見たくはないんだよな。

大工事も始まり、街はますます発展することだろう。

だが、一つ大きな問題がある。

それは……いつ俺に安眠できる日がやってくるのだろうかということだ。

頼む、早く休ませて。

◇◇◇

脱衣室には木製の棚があり、籠《かご》がいくつか置かれていた。

籠の中にはバスタオルが入っていて、ペンギンは異世界に来たというより日本のことを思い出すような懐かしさを覚える。

彼が背伸びをして籠をフリッパーで支えるが、足がぷるぷるして……。

ガシャーン。

棚から籠が落ちてしまう。

『私がペンギンだったことをすっかり忘れていたよ。そもそも服なんて着ていないじゃあないか』

ペンギンは自分の真っ白のお腹《なか》をフリッパーでぺしんと叩《たた》き、嘴《くちばし》をパカンと開く。

これは彼なりの「頭をかくポーズ」なのである。

頭をぽりぽりしようにもフリッパーは短く、頭どころか両フリッパーをお腹の前にやってもお互いの先が届かないくらいなのだから。

脱衣室の籠といえば、脱いだ服を入れるもの。確かにペンギンには必要ない。

脱衣室の奥には横開きの扉があった。

これならペンギンでも「うんしょ」とやれば開くことができるはず。

『この妙な日本感はヨシュアくんが持ち込んだのかな』

なんて呟《つぶや》きながら、フリッパーを激しく上下に振りながらペタペタと扉の中に入っていくペンギン。

『お、おおお！』

岩風呂《いわぶろ》とでも言えばいいのだろうか、床部分はすべすべになるよう磨き上げられ周囲はゴツゴツとした岩で取り囲まれている。

斜めになった木の板からお湯がドバドバと岩風呂に流れ込んでいた。

この岩風呂、人間なら同時に四人ほど入ることができるくらいの広さがある。

ペンギンにとっては十分以上の広さだ。

最初こそ彼は、岩風呂自体に目を奪われた。これなら泳ぐことだってバシャバシャすることだってできると心を躍らせていた様子。

しかし、彼の興味はすぐに別のことに向かう。

「岩風呂に流れ込んでいるお湯はどこから引いているのだろう？」

彼は心の中でそう呟き、ヨシュアから「魔道具で水を沸かして引き込んでいる」と聞いていたことを思い出す。

だが、魔道具らしきものの姿は見えない。

『板の奥かね。お、こっちなら分かるかもしれん』

ペンギンが次に目をつけたのがシャワーとお湯が出るのであろう蛇口だ。

蛇口は日本で見るような蛇口に似てはいるが少し異なる。

四角い筒状になったL字の上部に十字の木枠が取り付けられていて、素人《しろうと》のペンギンの目から見ても「これでは水圧に耐えることができない」と分かる作りだ。

『となると、蛇口の裏まで水の負荷がかかっていないということか。水が漏れ出してきていないのだから』

ふむ、と嘴にフリッパーを当て……ようとしたが届かず中途半端な状態になりながらも、ペンギンは科学では説明できない魔道具へ興味を募らせる。

『まずは観察だな』

蛇口を回そうとフリッパーで「うんしょ」とやるが、さすがにフリッパーを蛇口に引っかけることはできず滑るばかり。

『こいつは弱ったね』

どうしたものかと思案しつつも、体は自然と水を求めペタペタと湯船に向かう。

どぼーん。

ペンギンが勢いよく岩風呂に飛び込んだため、湯しぶきがあがる。

そこで、彼は考えてみれば当たり前の結論に至った。

『ヨシュアくん！　ヨシュアくん！』

そうだ。自分ができぬのなら、できる人に頼めばいい。

ペンギンは後ろ脚で水をばたばたさせつつ、心の中でそんなことを呟く。

すぐにドタドタと人間の足音がペンギンの耳に届き、横開きの扉の向こうから声がする。

『どうした？　ペンギンさん』

『ヨシュアくん、緊急事態だ』

『え？』

『入って来てくれたまえ』

『わ、分かった！　すぐ行く』

ガラリ。

扉が開き、岩に手をかけバタ足するペンギンとヨシュアの目が合う。

ヨシュアの額からたらりと汗が流れ落ちた。決してこれは風呂場の熱さからくるものではないことは、ペンギンにだって分かる。

『リラックスしているし……問題なんてないんじゃ』

『あるとも！』

『泳いでいるじゃないか』

『蛇口が回せないのだよ』

『あ。その手じゃあなあ。洗うこともできないんじゃないの？』

『それは盲点だったね。そこに注意はいっていなかったよ』

『俺も入るよ。ペンギンさんをごしごしするから』

『そいつはありがたい』

ヨシュアと普通に会話しているが、ペンギンはこの間ずっとバタ足をしたままであった。

すぐに服を脱いだヨシュアが風呂場に入ってきて、ペンギンはシャワーの下へ移動する。

『ほ、ほう。もう一回、蛇口を回してみてくれたまえ！』

『……』

ペンギンの体を洗ったヨシュアは自分の体も洗った。

その後、ペンギンが蛇口からお湯が出る様子を観察するために、何度も何度も彼に蛇口をひねるよう頼んでいた。

ところが、突然ヨシュアの反応がなくなってしまう。

『ヨシュアくん？』

訝《いぶか》しんだペンギンが彼の名を呼ぶが、ようやく緊急事態に気が付いた。

なんと、ヨシュアが仰向《あおむ》けになってぶっ倒れていたのだから。

どうやら、ヨシュアはのぼせてくらっときてしまったようだ。

う、ううむ。こいつは申し訳ないことをしたね。

ペンギンは心の中で彼に謝罪しつつ、嘴をパカンと開く。

『誰《だれ》か来てくれないかね？　ヨシュアくんが倒れてしまった！』

日本語が通じないと分かりながらも、声の雰囲気から察して欲しいと願い、ペンギンが叫ぶ。

声を発しつつも、誰かを呼びに行こうとペタペタと歩き始めた時、横開きの扉がガラリと開く。

『お、おお。助かるよ。ヨシュアくんが』

「あ、あ、あああ。い、いけません！　わ、私、見てません！」

扉のところで顔を真っ赤《まっか》にして目元を手で覆ったエリーがくるりと背を向ける。

「どうしたの？　エリー」

「ダメです！　アルル。他の人を……」

エリーはぐいっとアルルの手を掴《つか》み、脱衣室から外へ出て行く。

アルルに風呂場を見せぬようきっちり彼女の視界を塞《ふさ》ぐ念の入りようで。

この後、バルトロが風呂場に来てくれて無事、ヨシュアは回収されたのであった。

第一章　大工事と息切れ散歩

住宅建築が一段落したら、休む暇もなく大土木工事週間に突入したぞ。えへ。

なんて変なテンションになってしまうほど、みんな働き者である。

インフラの整備が急務であることは確か。だけど、倒れるほどに労働して、本当に過労になってしまったら元も子もない。

なので、必ず休むように指示を出すためしっかりと監視しているってわけだ。いや、一日中工事現場にいるわけじゃないんだけどね。

たった三日だというのになかなかの進捗《しんちょく》だと思う。

この世界には土木車両も電動式道具もないが、魔法がある。

手作業とは思えぬほどの速度で橋桁《はしげた》が完成してしまった！

コンクリートの外側を赤煉瓦《あかれんが》で化粧した橋桁はもうそれだけで立派な建造物だ。

この橋桁の中に中空になっているところがある。

中空の部分からサイフォン式で水を吸い上げ、橋の中を通り水路へ水を供給するような規格にした。

古代ローマの水道橋を参考にしたのだが、うまくいくか不安はある。模型上は一応動いたのだけど。

そうそう、橋桁を繋《つな》いでローマ式のアーチにする予定である。

同じような形式を取った方がうまくいくとの安易な考えからだ。

しかし、ほんとみるみるうちに作られていくよな。いま作っているのはサイフォンメンテ用の穴だろうか。

水道橋の建設と並行して中央大広場側から水路の工事も進んでいる。街中の水路は地下に作っているんだ。

これには三つの理由がある。一つは地上部に道や建築物があり、密集すると水路が邪魔になってくる可能性があること。

二つ目は水路を地上に出していると災害が起こった時に増水してしまうかもしれないこと。三つ目は水から蚊などの虫が発生するといった衛生面から。

地下に水路を作ることは手間だけど、手間をかけた分は報われる。将来的なことを考え、地下を採用した。

ルビコン川のほとりでアルルと一緒に橋桁の様子を眺めていたら、意気揚々と肩に大きな木槌《きづち》を引っ掛けたトーレがやって来る。

「模型通りに進んでおりますぞ」

「精微な模型だったけど、実際にやるとなるとかなりの技術が求められる。難工事になるけど引き続き頼む」

「何をおっしゃいますか！　切り立った崖《がけ》に橋を通すわけでもないのです。必ずやこの水道橋から中央大広場まで水を届けてみせますぞ」

「トーレが設計したんだ。ちゃんと水を運んでくれるさ。完成後、どうやって整備していくのかは考えなきゃだな」

「最初は持ち回りで整備をすればよいのでは。サイフォンだけでなく、数十年後には橋そのもの、水路そのものの整備も必要になってきますな」

「だなあ。そのころにはもっと人が増えているだろうし」

「ですな。今もヨシュア坊ちゃんを頼り、続々と人が増えておりますからな」

「そ、そうね」

シャルロッテから今朝《けさ》報告を受けた人数は千四百人と少し。

この分だと二か月後、いや一か月後には二千人を超えるかもしれない。

街の計画時に数万人の人でも大丈夫なインフラ整備をしておいてよかったよ。

現在の人口から鑑みると過剰なインフラだけど、これだけ本格的な水路と水道橋を作っておけば今後増築をする必要もない。

最低限のインフラが整ったら、次は生活を便利にする設備を作っていきたいな……。

やることはまだまだある。乗り物の開発なんてこともやってみたいし、畜産、農業もまだ始まったばかり、商店街に至っては始まってさえいない。

ダメだ。考えると有り余る残タスクに押しつぶされそうになる。

ある程度の計画性は必要だけど、あれもこれもと欲張ってはいけない。ぬるぬるじっくりと行こうではないか。

「では、ヨシュア坊ちゃん、某《それがし》は現場に戻りますぞ」

「みんなちゃんと休憩を挟むよう頼むぞ」

「そこはヨシュア坊ちゃんの名を使わせて頂きましたので、完璧《かんぺき》です。ふぉふぉふぉ」

手を振り合い、川岸に向かうトーレの後ろ姿を見送る。

その時、ひゅーっと強い風が吹き抜けずっとアルルを放置したままにしていたことを思い出す。

ちらりと彼女の方へ目を向けると、彼女は満面の笑みを浮かべ会釈を返す。

初日に護衛の必要性をルンベルクから説かれて以来、セコイアがべったりの時を除きずっとアルルかエリーについてもらっている。

移動が多い時ならまだいいとして、今日みたいにぼーっと工事現場を眺めているだけなんてなると暇を持て余すだろうに。

何をするわけでもなく、付き従うだけのお仕事は楽だなんて俺は思わない。

上司と一緒で息が詰まりそうになりながら、仕事を与えられないってのは俺だったら結構くるものがあるからな……。

護衛の任務を解くというのも一つの手なのだけど、ハウスキーパーたちに要らぬ心配をかけてしまうのも気が引ける。

じゃあ、ガルーガみたいな屈強な人を護衛につけるという手段もあるけど、これもまた微妙だ。

アルルやエリーがガルーガに代わったところで、今度は彼が同じ思いをしてしまう。

「アルル」

「はい！」

風によってスカートがヒラヒラしているが、アルルはそれを手で押さえるでもなくニコニコ元気よく返事をする。

「俺がずっと工事現場を見ることに集中してて手持無沙汰《てもちぶさた》だっただろ」

「いえ。ヨシュア様と。丘と。橋と。動く葦《あし》の穂を。見ていました！」

「葦の穂で遊んで待っててと言えばよかったな」

「アルル。もう子供じゃないです！　だから、大丈夫です！」

「そ、そか。じゃあ、鍛冶《かじ》場に寄ってからあの丘の向こうまで散歩してみるか」

「はい！」

耳をピコピコ動かし喜びを露《あら》わにするアルル。

丘の向こうはまだ未探索エリアだし、行く価値は十分にある。

あの丘はガラス砂が採掘できるから、欲しい鉱物も発見できるかもしれないし。

なんてことは表面上の言い訳に過ぎない。本心はずっと献身的に付き添ってくれているアルルにたまには楽しんでもらいたいってところだ。

ついでに俺の気分転換にもなるしさ。

明日はエリーともどこか散歩に出かけよう。西か東かなあ。硝石がとれる崖辺りでもいいけど。

建築現場は領民の働きぶりに圧倒されるが、鍛冶場の方は様相がまるで異なる。
どちらも驚くという感情は同じなのだけど、こちらは実験結果にワクワクすると言えばいいのだろうか。
この小さな鍛冶場の中で、未《いま》だかつてない事象が起こっているなど誰《だれ》が想像しようか。
魔法と科学の融合、そして新たな技術の開発には胸が躍る。
ペンギンほどじゃあないけど、俺だって電気が魔石になるところを見せられたら心惹《こころひ》かれるってもんだ。
これまでの実験結果から、電気をマナに変換し、マナで満たした容器の中に鉱物を入れておくとマナを含有した魔法鉱石になることが分かった。
ざっとまとめるとこんな感じになる。
『そこら辺の石：魔石
ガラス砂：高品質な魔石（通常の魔石の三倍のマナを含む）
水晶：超高品質な魔石（通常の魔石の二十倍のマナを含む）
石炭：燃焼石
硝石：火薬石
銅：オレンジカッパー
鉄：ブルーメタル

銀：ミスリル
金：オリハルコン
白金：アダマンタイト
青銅：ダマスカス鋼
アルミニウム：ホワイトメタル』
他にも鉛とかスズといった金属もあるから、その辺も今後試していきたい。
だけど、それぞれの魔法金属の特性を科学的に調査していかないと、使い勝手が分からないんだよねえ。
ミスリルやブルーメタルはよく知られた魔法金属だから、ある程度の特性は分かっているけど……。

◇◇◇

こんな箱の中で世紀の大実験が繰り返されているとは誰が想像できようか。

じーっとバッテリー箱を見つめ、フリッパーを上にあげているペンギンの横にしゃがみ込む。彼と同じようにバッテリーを覗《のぞ》き込むものの、なんも分からん。

セコイアなら魔力の流れが見えるから、鉱石に魔力が取り込まれていく様子がつぶさに観察できる。

やっぱり魔法の修行をして……と一瞬だけ考えるがすぐにやめとこうと思い直す。

まるでダメって専門家に言われたばかりじゃあないか。ははは。

いいんだよ。俺には俺のよさがある。

そんな専門家の狐耳《きつね》はというと、テーブルに並べた鉱石を一つ一つチェックして何やら紙に書き込んでいる様子。

お、あの紙はネイサンとシャルロッテが頑張って作ったやつかな。少し茶色みがかった色合いが特徴的な紙なんだ。

「なんじゃ?」

「それ、何をしてるのかなと」

「これはの、石によってどれだけ魔力が含まれているのかを調査しておるんじゃ」

「ほおほお。体積を同じにして単位あたりの魔力含有量を調べてるのか」

「うむ。キミも同じようなことを考えるのじゃな。宗次郎《そうじろう》は重さも違うからと水をはったコップに入れて体積を測っておったな」

「条件を揃《そろ》えないと、比較にならないからな」

「カガク的じゃったか。興味深い。魔法の構築とはやり方が異なるのじゃな」

「魔法の構築はたぶん図形を描く理論と実際に魔力を流す実証実験だろうけど、その考え方はカガクに通じるものがあるかな」

「ほうほう。異なる理《ことわり》であるが、理を解明することは同じことじゃからの」

テーブルに並べられた鉱石は形こそいびつだが、体積が整えられている。

見た感じ一立方センチメートルくらいかな。小さな角砂糖みたいな大きさだ。もう少し大きい方が体積も計測しやすいと思うのだけど、魔法金属の精製量だと致し方ないか。

俺との話が一区切りついたセコイアは、再び小さな鉱石を一つ一つ手に取りメモを取っていく作業に戻る。

「しっかし、やっぱり魔力量とやらが見えないと厳しいな。セコイアの計測にはとても助かっているけど」

『そうだね。だが、含有量が一番少ない石炭を観測することで仕組みが分かったのだよ』

「ほうほう。あ、あれ？　こっちの言葉が分かるようになった？」

俺は日本語じゃなく、公国語で喋《しゃべ》っていた。

でも、ペンギンは普通に会話に入ってきたから違和感を覚えなかったんだよね。

『日本語でお願いできるかい？　まだまだ学習中でね。少しだけなら分かるのだがね』

『カタコトでも分かるようになったんだ。すごい学習能力だな……』

やはりまだ分からないらしい。ということは、俺の様子からだいたい何を言わんとしているのか推測して喋りかけてきたってことかな。

いや、セコイアとのやり取りで脳内同時通訳しているのかも。

『石炭がいつ燃焼石に変わったのか、じーっとセコイアに観察してもらったのかな？』

『そうだね。その結果、答えは飽和でないことが分かったんだよ。石炭が燃焼石に変わった後もまだ魔力を吸収するのだ』

『なるほど。その場合、品質に差が出るのかな』

『恐らく。セコイアくんに協力してもらい、魔力の単位を設定したのだが私には「見えない」のがネックだね。全《すべ》てセコイアくんに任せているとかなり効率が悪い』

『確かになあ。あ、でも。燃焼石なら変化した瞬間のものと、飽和させるまで魔力を吸収したものを準備して燃やしてみれば分かるんじゃ』

『実験レベルの燃焼石では難しい。詳しくはそこのメモを見てくれたまえ。結論から言うと、このバッテリーを使用した場合、ガラス砂か水晶のどちらかが品質実験対象に適していると推測している』


バッテリーの中で精製される小さな燃焼石じゃ有意な差は認められなかったってことか。

もっと大きな燃焼石を準備するか、ペンギンが言うように別の素材で試せば分かるかもってことだな。


『ガラス砂なら一杯とれているんじゃ？』

『確かに。だが、トーレさんやガラムさんが出払っている今、ガラス砂をガラスにできる人がいないのだよ』

『あー。この後、ガラス砂が採掘できる崖《がけ》の向こうへ行ってみようと思っているんだ。水晶がないかも見てくるよ』

『ありがたい。だが、君も理解している通り、このままだと量産化は難しい。実験室で成功をしても、市井に還元できなければ君の願いは叶《かな》わないだろう？」

『どうしよう。そっちを先に進めた方がいいかな。燃焼石と魔石があれば公国と変わらぬ生活ができるようになる』

『並行して進めてはどうかね？　優先順位は量産化だとして。だが、量産化を行うには職人の手が必要だね』

　ペンギンは自分のフリッパーをパタパタと振るう。

　確かにそのフリッパーじゃあ、器用な動きはできないよな。指先がないって辛《つら》い。

　俺たちの会話に時折耳をピクピクさせていたセコイアがついに耐え切れなくなったのか、こちらに顔を向ける。

　この様子だと彼女はペンギンを通じて日本語を公国語に翻訳していたんだな。

「気になって仕方がないのじゃ。量産化とは何をするつもりなのじゃ？」

「ペンギンさんの考えと同じかどうか分からないけど。アプローチの方法は二つあると思っている」

「ほうほう。はよ」

　机の上に乗り出し、ズズイとこちらに迫ってくるセコイア。尻尾《しっぽ》と狐耳がピンと立ち、待ちきれない様子がありありと見て取れた。

「一つは単純に馬力が足りない問題を解決する。つまり、発電設備の増強だな。しかし、大きな問題がある」

「水車をいくつも作ればよいのじゃないのかの？」

「水車による発電だと、ここにあるくらいのバッテリーが限界なんだ。発電量が根本的に足らない。蒸気、風力……あとは火力か」

「作るのかの？　楽しみじゃ！」

単純に「作ります。はいそうですか」ってわけにはいかないんだよなあ。

火力は恐らく技術的に難しい。

ペンギンが奇跡的に発電設備の詳細を知っていたとしても、膨大な圧力に耐えきれるほどの設備を作ることは不可能とまでは言わないけど、現実的じゃあないだろう。

オリハルコンなどの魔法金属を使えばあるいは、なんだけど、魔法金属の量産はできていないから……。

『風力が一番だね。次善が蒸気だろう。火力は諦《あきら》めた方がいい』

『やっぱそうか。風力は向こう岸の崖の上とかなら強い風が吹いているかなあ』

『どうだろうか。これから向かうのなら観測してきて欲しい』

『うん。個人的には蒸気が良いと思っているんだけど、燃料がなあ』

『水車で作製した魔石と燃焼石を用いて、蒸気機関を回す。エネルギー保存の法則を鑑みるに使った電気量より多くは発電できないのではないかね』

『そこだよ。燃料を電気で作り出すなら、結局、縮小再生産になるもんな』

風車、水車の大量生産……あとはダムでも作るくらいしか思いつかないな。

うーんと首を捻《ひね》る俺とペンギンだったが、セコイアは目を輝かせワクワクした様子で口を開く。

「面白そうじゃな！　何事も一歩目からじゃろ。最初から立ち会えるとなれば、楽しみでならぬ」

「うん、そうだな。今までなかったことをやろうとしているんだものな。うまくいかなくて当然くらいの気持ちでやろう」

「して、もう一つは何なのじゃ？」

もう一つか。そいつは既にセコイアも聞いていることなんだよ。

「もう一つは地道な基礎理論の構築だよ。魔力と鉱石の関係性を解き明かし……特にマナ密度とマナ吸収の仕組みだな」

「よう分からん、今もやっておるではないか」

「理論が分かれば、無駄を省きもっと効率的に生産できるかもしれないだろ」

「そういうことか。なるほどの。電力生産量を変えることができぬのなら使う量を減らすという発想じゃな」

「そそ」

マナ密度次第だけど、マンガン電池による燃焼石の生産なんてこともできるかもしれない。マンガン電池の仕組みは知らないけど……ペンギンなら知っているかも。

マンガン電池はバッテリーと似たような理屈だったはず。

『いずれにしろ、まだまだ踏むべきステップがあるということだね。結局のところ、基礎研究と発電設備の両輪が必要だということだ』

『だなー』

頭に手をやったつもりがフリッパーが頭まで届いていないペンギンであった。

『ペンギンさん、助手を一人付けようか?』

『そいつはありがたい。希望はネイサンくんだ』

『け、検討しておく。今も一応ここにいるよね』

『そうだね。時折連れて行かれてしまうが、彼はガラムさんの弟子だからね』

セコイアが付きっきりで研究に付き合ってくれているけど、彼女一人じゃ手が足りない。ペンギンは手先を使う作業ができないからな。

彼女は計測やら観察もやらにゃあならん。

ペンギンがネイサンを願う気持ちは痛いほど分かる。彼の浄化のギフトは得難い能力だし、素直でいい子であるってのもよい。

ペンギンは元は家庭持ちの四十代以上なのではないかと思っている。彼にとってネイサンは自分の息子のようにも感じているんじゃないだろうか。

俺は二度目の人生とはいえ、元々独り身だし歳《とし》を重ねたわけじゃあない。

前世で読んだ転生物の物語なんかの理屈だと、二十歳《はたち》プラス二十歳で俺の人生経験は四十歳の人と同じということになる。だけど、四十歳と、二十歳で亡くなって二十年生きたのとでは意味合いが相当異なるんだ。四十年経験したからといって、四十歳の人が持つ感情なんてものは実感できないし、子供を見て我が子と重なる気持ちを抱くなんてこともない。

肉体年齢四十歳を経験していなかったら、四十歳の気持ちなんて分かるわけがなくて当然だ。

俺は四十年以上の月日を体験しているけど、四十肩を経験したこともなければ家庭を持ったこともないからペンギンのような人生経験を持ち合わせてはいない。

でも決して、四十年以上の月日を無駄に過ごしたなんて思っていないけどね。

前世は少し働き過ぎちゃったかな……程度である。

だから、今世はきっと……今はまだ雌伏の時と信じて。

ぐぐっと拳《こぶし》を握りしめたところでセコイア、ペンギンの両者からじーっと見られていることに気が付く。

『あ、いや。ペンギンさんの前世を詮索《せんさく》するつもりはないからね』

『理論が飛躍し過ぎていてよく分からないが。今の私はただのペンギン。それでいいのさ』

『うんうん。だな』

『君もいずれ家庭を持つのだろう。その時まで私が生きていたとしたら、ぜひ君の子を抱っこさせてくれたまえ』

『もちろんだよ』

フリッパーでは抱っこできないんじゃないか、なんて野暮なことは言わないさ。

ちょ、何だか肩口に湿り気が。

こいつは、敵襲⁉

「アルル！」

「はい！」

「俺の体に異変が」

「セコイアさん？」

「はがすのだ」

「はい！」

「こら、何をする猫娘。ボクはこれから家庭を築くのじゃ」

「ダメ！」

「こらあ。噛《か》みつくんじゃねえ！」

そうだ。謎の湿り気の正体はセコイアの汚い唾液《だえき》だった。

どうやら家庭という言葉に反応し、目にも留まらぬ速度で俺の背後から抱き着き……。

何て無駄に高いスペックなんだ。別のことに活《い》かしてくれよ。

まあでも彼女も本気で俺に張りつこうってわけじゃあないのは俺だって分かっている。

掛け合いの一つだろ。アルルの力で簡単に引っぺがされるような彼女じゃないんだから。

アルルに後ろから羽交い締めにされ抱え上げられたセコイアは両手両足をバタバタさせ、尚《なお》も抵抗の様子を見せている。

ほんとにもう。

苦笑しつつ彼女へ顔を向ける。

「基礎研究はとても大事なんだ。魔法を研究していたセコイアなら想像がつくと思うけど」

「知的好奇心で釣ろうとしてもそうはいかんのじゃ」

「まあまあ。例えばの話を聞いてくれよ」

「むう。言ってみよ」

何のかんので知的好奇心には抗《あらが》うことができない生粋の学者気質なセコイアだった。

ある意味ちょろいんだよね。セコイアって。こういうところは可愛《かわい》いのだけど、普段の行動がねえ。

おっと、拗《す》ねる前にとっとと次を語らねば。

「何故《なぜ》、カンパーランドには燃焼石がないのだろうか」

「魔石も見当たらないのぉ」

「基礎研究を行えば、何故なのかが分かるようになるかもしれない」

「ほおおお。それと量産体制になんの因果が……なるほどの」

「さすが察しがよい」

直接的な効果としては、石炭が燃焼石に変化するために……言い換えれば石炭が魔力を吸収するにはどれくらいの魔力密度がいるのか分かれば最低限の魔力密度で燃焼石が量産できる。

では、燃焼石が魔力を消費すると石炭に戻るのか、それとも別の何かになるのか。いや、正解は消し炭になるんだけどね。燃焼石が魔力を消費すると燃えるから。

しかし、それだけだとこの地に燃焼石が無いことの説明がつかない。

単に魔力密度が燃焼石を生成できるまでに至っていないだけなんじゃと推測が立つ。俺もその考えが正しいいんじゃないかと思っている。

だけど、じゃあなんでミスリルはこの地にあるんだ？　という疑問が湧かないか？

可能性は二つ。

銀は石炭より魔力密度が低くても魔力を吸収することができるかもしれない。この場合、長い年月をかければ銀がいずれミスリルとなる。

もう一つは、魔力の蒸発の可能性。

カンパーランドもかつては燃焼石が精製される環境にあった。ところが、環境が変わり魔力密度が低くなってしまったとしたら？

魔力の仕組みはてんで分からないけど、もしタイヤに入れた空気が少しずつ抜けていくように、吸収した魔力も魔力密度が低かったら抜けていくとしたらどうだ？

高いところから低いところに流れ落ちる水のごとく、内包した魔力が外に流れ出ていけば燃焼石の魔力が無くなり石炭に戻るのかもしれない。

一方、ミスリルは一度吸収した魔力が抜けていかない、もしくは極めて微量にしか抜けていかないのならミスリルは状態が維持される。

こうしてミスリルが残り、燃焼石が姿を消したとかね。

「二つの方策、どちらも肝要じゃの」

「そういうこと。そんなわけで、俺はそろそろ向こう岸に行くよ」

「ボクも行きたいところじゃが、バッテリーの観察も捨てがたい」

「崖《がけ》の上はいつでも行けるさ」

「そうじゃの。ならば、明日、ボクと共に行こうではないか」

「りょーかい」

ひらひらと手を振り、セコイアとペンギンに別れを告げる。

「アルル、お待たせ。行こうか」

「はい！」

尻尾をピンと伸ばしたアルルが俺の後ろにすっと立つのだった。

さあて、上はどんな感じになっているのかなあ。いい風が吹いていたらいいんだけど。

◇◇◇

ルビコン川で運搬用の渡し船に乗せてもらい、向こう岸へ到着する。

テクテクと崖に向かって歩いていると、繁みがガサガサと揺れ、その隙間から巨大カタツムリの殻が見え隠れしていた。

「ヨシュア様。食べる？」

横目でチラリとカタツムリを見た俺に対し、何を思ったのかアルルがそんなことをのたまう。

カタツムリはあかん、あかんで。

「カタツムリを食べたら寄生虫やらで倒れると思う。ペンギンさんはカタツムリを食べることができる種だったから食べてたけど、俺たちが食べたらダメだ」

「難しい……です」

「要はカタツムリを食べるとお腹《なか》を壊すってことだよ」

「はい！　食べたらダメ。お腹痛くなる」

「そそ」

よしよし、よくできたぞお。

と、ついつい子供にやるようにアルルの頭を撫《な》でてしまった。

カタツムリをスルーしててくてくと進むことしばし。

ツルハシでガラス砂を採掘する人々の姿が見えてきた。

「ヨシュア様！」

「辺境伯様が参られたぞ！」

ちょっとした騒ぎになってしまったけど、やあやあと手を上げ領民たちに挨拶《あいさつ》をする。

歓声まで巻き起こって、内心冷や汗が流れた。だが、慣れたもので表面上は平静を装う。

「この崖の向こうに行きたいのだけど、回り込む道を知っていたりする人はいるかな？」

「危険だからと私たちは探索をしておりません。ですが、左手は途中で川になっていると聞きました」

「ありがとう」

答えてくれた領民に向けにこやかに微笑《ほほえ》みかけると、彼は感極まった様子で肩を震わせる。

は、反応が大袈裟《おおげさ》だけど、気にしたらいけない。

そんなわけで、採掘場から右手に進むとウネウネした登り道に入り、大回りながらもこの調子だと崖の上まで行けそうな感じだ。

よしよし。しかし、こう登り坂続きで平坦《へいたん》な道もないとくれば疲労の溜《た》まりも早い。

ぜえはあ、ぜえはあ。

息を切らしながら、隣で鼻歌まじりに耳をピクピクさせるアルルを気遣う振りをして時折立ち止まる。

「ふう、大分登ってきたかなあ。だいたい一時間くらいか」

「はい！　もうすぐ登りが終わります」

「おお、その耳か尻尾《しっぽ》で分かるのか？」

「う、うん？」

曖昧《あいまい》な返事だったけど、すげえなアルルの耳と尻尾。虫の触角や鯨のエコーロケーションみたいになっているのかなあ？

音波を出してキャッチできる仕組みだったとしたら、他にもいろいろ応用が利きそうだ。

アルルの言う通りほんの二、三分歩くと傾斜が無くなり歩きやすくなった。

ここはもうあの崖の上なのだろうか？

「こっち」

「お？」

アルルが俺の手に自分の手を寄せたところで、迷うようにピタリと動きを止める。

彼女はエリーほどではないけど、まだまだ俺に対し友達感覚ってわけにはいかないようだ。

そらまあ、彼女らの気持ちも分かる。追放されたとはいえ、元は一国のボスだったんだもの。社長に新入社員が「気軽に」と言われたところで、そうそう変わるもんじゃない。

ならばと、俺から彼女の手をそっと握る。すると彼女はにこおっと顔と耳で嬉《うれ》しさを表現して俺の手を引きはじめた。

彼女の導くままに進んで行くと――。

「お、おお」

「うん！」

崖の上だ。眼下に採掘作業をしている領民のみなさんの姿が確認できた。

「見通しはいいのだけど、期待していた風は吹いていないなあ」

「下と変わりません」

「アルル。君の触角？　で風の様子とか分かるのかな？」

「近く、なら？」

顎《あご》に手を当てうーんと空を眺めながら、アルルが曖昧な答えを返す。

彼女らしい子供っぽい仕草に微笑ましい気持ちになっていると、突如握った手をぐいっと引かれた。

「ん？」

「動物が。います」

「危なそうな？」

「大きな動物では、ないです」

「俺たちが喰《く》われるような魔物じゃあない？」

「はい。見ますか？」

「危険がないなら見に行こうか」

コクリと頷《うなず》きを返したアルルは、俺の手を握ったまま歩き始める。

見通しのいい草ばかりのところにひょっこり二足で立ったもふもふが二体、こちらに大きなつぶらな瞳《ひとみ》を向けていた。

前脚を折りたたみ、鼻をヒクヒクする姿は愛嬌《あいきょう》があって可愛《かわい》らしいと言えなくもない。

毛色はこげ茶色。目の色は黒。

ウサギより一回りくらい大きいのかな。小動物……にしては少し大きい気もするけど顔に比べて口も小さいし、獰猛《どうもう》な肉食動物ってわけじゃあなさそうだ。

「ヨシュア様！」

「あれは、癒《いや》されるな」

大きい方のもふもふのお腹から小さな顔がひょっこりと出てきた。

小さいのもじーっとこちらを窺《うかが》って鼻をひくつかせている。

あれは、もふもふの親子なのかな。雌の方が大きな種なのかも？

しかし、あの動物、どこかで見た気がするんだよねえ。カンガルーみたいにお腹に袋があって、小型でつぶらな瞳の。

ええと、何だっけ。

確か名前は……クオッカだっけか。

ペンギンなら正式名称を知ってそうだ。彼をここに連れてきて見てもらえば分かるかも？

……いや、彼をここまで連れて来るのは相当骨が折れる。彼にずっと歩かせてここまで来るとなれば日が暮れてしまうし、背負うには重たい。

あ、野生児セコイアに背負ってもらえばよいかも。

俺を引きずって森から帰還したくらいだし、ペンギンでも余裕だろ。ちょうど彼女ともここへ来る約束をしていたし。

よしよし。

お。俺たちに危険がないと判断したからか、もそもそと高く伸びた雑草をかじりはじめた。

食べている姿はウサギっぽくて、これはこれでよいな。

ずっと眺めていたい気持ちになってしまうけど、そろそろ動かないと。

そっとアルの手を引き、クオッカさん（仮）を迂回《うかい》するように草原を抜ける。

岩肌が見えているところはないかなあとキョロキョロしながらうろうろすると、なだらかな丘を発見した。

丘の傾斜部分は岩肌が露出していて、丁度良い感じだ。

ガサガサと手持ちの鉄製のヘラで岩肌を削り、手のひらに落ちてきた砂粒を載せる。

ん、色からしてガラス砂に近そうだ。

「この崖の上が全部同じような地質なのかなあ」

「洞穴、探します？」

「まだ明るいし、少し探索してみようか。この分だと、採掘場所の辺りでもここでもよく似た感じかも」

「案内します！」

「え？　分かるの？」

「遠くまでは。分からないです」

「どれくらいなら分かるの？」

「んーと。これくらい！」

両手を精一杯開いて、んーと首を傾けるアルルだったが、それだとまるで分からん。でもま、目に見える範囲くらいかもう少し広範囲には探知できるはず。それなら、俺が目視で探すよりは全然効率がいい。

アルルの第二の目を頼ることにしよう。


はあはあ……。

アルルの第二の目ってすげえな。腕がようやく入るくらいの小さな穴から、俺の頭が中に入るくらいの穴まで次から次へと発見していく。

しっかし、休みなくうろうろしていたら、息がもたん。

あ、つぶらなお目々のクオッカさん（仮）の親子にまた出会った。

「アルル」

「はい！」

「俺の指示が悪かった。すまん」

その場に崩れ落ち、あぐらをかいた俺は猫を彷彿《ほうふつ》とさせる笑顔のアルルを見上げる。

彼女は首をかしげたまま、頭にハテナマークが浮かんでいるようだった。

しかし、何かを思いついたのか、ぱあぁっと後ろに花が浮かんだかのようになって、ぽんと手を打つ。

「ヨシュア様！」

「ん？」

「抱っこ」

「おう？」

唐突だな。まあ、よいけど。アルルなら俺でも抱え上げることはできるだろ。

おんぶなら確実なんだけど、まあ大丈夫さ。

よっこらせっと立ち上がり、彼女の腰へ手を伸ばそうとしたら逆に彼女に抱え上げられてしまった。

「アルル……」

「はい！」

「ちょっと恥ずかしい……降ろして」

「はい……」

あからさまにしゅんとされても困ってしまうじゃないか。

彼女なりに「俺の指示が悪かった」という部分を考えてくれた結果なんだと分かるから、感謝しこそすれ指摘したりなんてことはしない。

「俺が思いついたのは別のことなんだ。えっと、洞穴の大きさとか形とかを絞ることってできるかな？」

「うん。どんな形なの、ですか？」

「できれば、俺たちが中に入ることができるくらい大きい方がよい。あと、そうだな。こうギザギザした……ああ、うまく表現できない。ちょっと待って」

「ん？」

俺の想像する洞窟《どうくつ》図を手持ちの紙片にかきかきして、アルルに見せる。

絵を見た彼女は、ピコンと耳をとんがらせ大きなアーモンド型の両目を見開く。

尻尾をピンと伸ばした彼女は俺の腰に手を伸ばし――。

「だああ。だから、俺を抱っこは無しでいいんだってば」

「アルルじゃ、嫌、なんですね。やっぱり、エリーみたいに力持ちさんじゃないと」

「いやいや。エリーに抱えられたのも不可抗力というか何というか。よっし、アルル。じゃあ、俺が君を」

「ヨシュア様が？」

「おうさ。俺もまだまだ元気いっぱいだってところを見せてやる」

「……ヨシュア様、無理しないで。ください。アルル、ヨシュア様が元気な方が好き」

上目遣いでそんなことを言われてもだな。

おそらく身長百五十くらいしかない小柄で華奢《きゃしゃ》なアルルに俺が姫抱きされてる姿を誰《だれ》かに見られたりしたら……。

「この鬼畜め！」なんて揶揄《やゆ》されかねないぞ。

それよりなにより、俺自身が絵的にも気持ち的にも嫌すぎる。

「よし、アルル」

「はい！」

アルルを姫抱き……はできず、いや、せずに、おんぶにした。

いやほら、道の指示をもらわないといけないだろ？　決して腕がプルプルして無理だったとかそんなわけじゃない。

背負う方が効率が良かった。それだけだ。

アルルが後ろから手を伸ばし、右手を指さす。

おっけえ。右だな。うん。

もしゃもしゃと鼻と口をひくひくさせながら、雑草を貪《むさぼ》り喰《く》らうクオッカさん（仮）たちを後目《しりめ》に悠然と歩き始める俺であった。

——三分後。


「はあはあ……」

「ヨシュア様。アルル。重いから」

「そ、そんなことはねえ！　アルルは超軽いさ。ははは。そんなことより、場所はどっちだ？」

「あ、分かった。アルル！」

「ん？」

ふわりと髪の毛に風を感じた。

と思ったら、背負われていたはずのアルルが俺の頭の上で宙がえりをして、シュタッと俺の前に降り立つ。

ふんわりと舞うスカートと彼女の短い髪の毛。

あれ、あれれ。

あれよあれよという間に彼女に背負われてしまった。

「え、え」

「お手本見せてくれた、から」

にこーっと首だけを俺の方に向けられても、ほっぺとほっぺがくっつきそうだね、なんて冗談を返したところで何も変わらん。

エリーならともかく、アルルだと無反応だろうなあ……。

ああああああ。

もういいやあ。ラクチンだしい。

お、あれ、あの特徴的なオレンジ色の果実はひょっとして。あっちの葉も何だか気になるな。

何だか悟りを開いてしまった俺が周囲の自然に目を惹《ひ》かれていると、アルルが立ち止まり前方を指し示した。

お、洞窟かあ。見事なものだ。

入口は人が横に三人くらい並べるほどの幅があり、高さも俺の身長より若干高いくらい。

深さも奥にまで光が届かないほど広い模様。

「降ろします！」

「お、おう？」

「ヨシュア様？」

「あ、そうだった。洞窟を探してもらっていたのだった」

悟りを開いてしまった俺は本来の目的を忘れかけていたぞ。

そうだった。自然観察に訪れたんじゃない。鉱物を探しに来ていたのだ。

でもその前に。

「アルル。ちょっと待って。植物鑑定をしたい」

「はい！」

さてさて。

少しだけ戻り、オレンジ色の果実と葉を採取しいざ「植物鑑定」を実行する。

なんだか、これも久しぶりな気がするなあ。

植物鑑定があれば、どこにいても食用の作物がまず発見できる。

なかなか便利な能力なんだぞ。最近、活躍の機会がないんだけどね。

「お、この実はやはり『カボチャ』だった。こっちの葉はイェルバ・マテの葉か」

「食べられる?」

「うん。どっちも食用だよ。イェルバ・マテは枝も煎《せん》じて飲むことができる。マテ茶の原料になるよ。カボチャの方は茹《ゆ》でるとほくほくしておいしい」

「やったー!」

「おうー。少し集めて持ち帰ろう」

「はい!」

緑色のカボチャもありそうな気がする。採取したオレンジ色のカボチャはハロウィンでよく見るやつだ。

だけど、サイズは手のひらに載るくらいの小さいものだった。探せば大きいのもあるかも。

これだけ目立つ色をしているのだから、すぐに見つかるだろ。

「……って、ちょっと待ってアルル」

「はい!」

名前：イェルバ・マテ
概要：モチノキ科の常緑喬木
マテ茶の原料
名前：カボチャ
概要：ウリ科の一年草
食用

ついついこのまま採取に走ろうとしたけど、違う、違うのだ。

さっき思い出したところなのに、もう忘れていた。恐るべし食べ物の力だよ。

「洞窟探検を先にやろう」

「でも。ヨシュア様。見えない？」

「大丈夫さ。ちゃんと準備をしている」

じゃじゃーん。

いつ暗いところを探検してもいいように、コンパクトなランタンを持っているのだ。

ランタンといっても魔道具なので、火を燃やして光らせるわけじゃあない。

握りこぶしくらいの小さなランタンで、中に魔石を仕込むことで中央にある水晶が光る仕組みだ。

これなら持ち運びも楽々って寸法さ。

便利だよね。魔道具って。

この世界の生活に魔道具は欠かせない。魔道具は地球にある様々な工業品の代わりになっているんだ。

魔道具の開発技術は相当進んでいて、生活のありとあらゆる場所に魔道具が存在する。

そんな魔道具のエネルギー源となるのが魔石だ。だからこそ、人工的な魔石の製造を目指し、ペンギンやセコイアと開発を進めてきていた。

まだまだ課題だらけだけどね……。

バザバザバザ！

中に入って灯《あか》りを向けた途端、何かが飛んできて顔にぶつかった。

「ぎゃあああ」

「ヨシュア様！」

アルルに護《まも》られてしまう情けない俺……。

立場が逆転してるって。いや、仕方ないのだ。

夜目が利くアルルは、明るい場所と同じくらいこの場が見えているのだから。

飛んで行った大量の影の形はどう見てもコウモリじゃあなかったけど、あれは何だったんだ。

「羽？　翼？　がついたトカゲです」

「トビウオみたいなもんか」

「トビウオ？」

「ああ、翅《はね》のついた魚だよ」

言った後、自分でおかしいと思ったけどアルルは真剣な表情で頷《うなず》いてくれたのでこれ以上触れない方がいいな。

しかし、コウモリじゃあなくて翼をもったトカゲとは。

飛竜の小型種か何かなのかもしれない。

そんな中、ランタンを壁に向けて岩肌を確認してみると……。

お。おおお。

ゴツゴツしていて、規則性のある鋭角が壁一面にびっしりと見える。

触れてみるとツルツルしていて、思わず口元がにやけてしまった。

色は紫色か。

目的とは異なるけど、これはこれで大発見だろ。

「ヨシュア様？」

「アルル、大当たりだよ。この洞窟は紫水晶の鉱脈だ」

「紫水晶？」

「アメジストと言えば分かるかな。ひょっとしたら、水晶もあるかもしれない。探してみよう」

「はい！」

うおおお。これ全部アメジストなのか。

右手の壁一面に紫水晶が露出しているようだった。

左手はガラス砂かも。一応、左手の壁も削って採取しておく。

更に奥へ進むと突き当りに水晶の鉱脈も発見した！

すげえぇ。この洞窟《どうくつ》。

掘ってみないと埋蔵量は分からないけど、数万人分の魔石をこれで補うことができれば……いいな……。

発電とマナから魔石を作る工程にはまだまだ課題がある。

解決しなきゃいけない課題はたくさんあるけど、素材はこの洞窟で必要十分になる。

何しろ水晶は通常の魔石に比べ、二十倍のマナを溜《た》め込むことができるのだ。小さな欠片《かけら》であっても、長持ちする魔石となる。

更に、マナが空になった魔石であっても、電気を使ったマナの製造法を利用すれば魔石にマナを充填《じゅうてん》し、再利用できるのだ。

つまり、最初にばら撒《ま》く分の魔石（の原材料）があれば、もうそれだけで追加の魔石（の原材料）は必要ない。

ほくほく顔で洞窟の外に出た俺と相変わらずのにこにこ顔のアルル。

この後、カボチャとイェルバ・マテの葉を採取し鍛冶《かじ》場まで帰還する。

水晶、紫水晶、採取した砂はペンギンに預け、一路、農場に向かう。

◇◇◇

お、丁度良かった。

あの麦わら帽子はトーマスで間違いない。

都合のいいことに、シャルロッテまでいるじゃあないか。彼と何やら会話をしているようだけど。

農場のど真ん中でやらずに、小屋の中に入るとかすればいいのに……。

時刻は夕暮れ前とはいえ、薄暗くなりはじめているし外で立ったままの打ち合わせはあまりお勧めできないいな。紙も使えないいし。

いや、ちょっとした会話をしているだけかもしれないじゃないか。

シャルロッテだとて、会議となれば場所を準備するはずだ。すまん、勝手に勘違いして。

「ヨシュア様！」

「閣下！」

二人同時に俺に気が付いたらしく、彼らの声が重なる。

「すまない、立ち話中に割って入ってしまって」

「いえ！」

「打ち合わせも終わったところですし、問題ありません」

ん、立ち話じゃなかったのかな。

ま、まあ。終わったらしいし、よかばい。

「新しい作物を見つけたんだ。場所も後から伝えるよ。サンプルを先に渡しておこうと思って。育て方は後からメモを書くのでその時で」

じゃじゃーんと大きなズダ袋を開く俺……ではなくアルル。

いやあ、ついつい採り過ぎてしまってね。まさか大きな袋を背負うことになるとはな。

持ってきていてよかった大きな袋。いつ何時役に立つか分からんものだ。うんうん。

たたむと案外コンパクトに持ち運びできてしまうんだよね。この袋。

「これはまた、鮮やかな色をした果実ですね」

トーマスがカボチャを手に取り、ほうと息を吐く。

「どちらかと言えば野菜なんだけどね。この黄色というかオレンジの実はカボチャ。茹でるとほくほくして甘くなる」

「ほお。これはこれは」

「パカンと開いたら中に種が入っているから、それを育てる感じかな。もう一つは葉と枝だけど、高い木になるものだから栽培は難しいかな」

「高木でしたら、採取の方がよいかもですね！」

そう言いつつもトーマスの目はカボチャから離れていない。

新作物に興味津々といった様子である。

新作物といえば……。

「ジャガイモは育てることができそうかな？」

「はい。先ほどまでジャガイモの件でシャルロッテ様と会話していたのですよ」

「おお。そうだったのか。ありがとう。二人とも」

先日、ふとしたところでジャガイモを発見して、そのままシャルロッテに任せたんだ。

ジャガイモは連作障害があったりするので、育てることができそうなら頼むと言っていたんだけど、どうやら杞憂《きゆう》だったようだ。

「小麦を育てることに比べれば、さほど難しくありません。キャッサバほどお手軽にとはいきませんが」

「おお。野菜のバリエーションを増やしたいところだね」

「薬物は公国から持ってきたものもありますので、試しているところです」

「分かった。ありがとう」

ガッチリとトーマスと握手を交わし、シャルロッテにも改めて礼を述べる。

「紙の件でも助かっているよ。ありがとう。シャル」

「ネイサンくんの力あってこそであります！　量産するにはやはり魔石の力なくしては難しいかと」

「既存の技術を利用してとなると、どうしても魔道具が必要だよな。魔石の方は開発を進めているから、もう少し待ってくれ」

「魔石を作り出すと初めてお聞きした時は心臓が止まりそうなほど驚きました。ですが、閣下ならば必ずや」

「ペンギンとセコイアもいる。期待して待っていてくれ」

「はい！」

しゃきっと敬礼したシャルロッテに向け、ふんわりとした笑顔を向ける。

すると、彼女は何故か少したじろぎ頬《ほお》を朱に染めた。

「何か変だった？」

「いえ、唐突に屈託のない笑顔を見せてくださったので、不覚にも虚を衝《つ》かれたと言いますか何と言いますか。私の修行不足であります」

「あ、うん」

焦りからか耳まで真《ま》っ赤《か》にしてしまったシャルロッテに対し曖昧《あいまい》に頷きを返す。

フォローしようかと思ったけど、更なる墓穴を掘りそうだからここはあえてこれ以上触れないことにしよう。

彼らと別れ、屋敷に戻ろうとしたところでふと隣で歩くアルルに目を向けた。

「敵襲？」

「いや、ここで敵も何もないだろ！　これから家に帰るだろ。だから、家でカボチャを使って何か作ってみようと思ったんだよ」

「アルルも手伝います」

「おー。エリーも誘ってこいつを料理してみようじゃないか」

「はい！」

カボチャ料理ってどんなのがあったっけ。

気分的にはおやつ系がいいなあ。

そんなことを考えつつ、口元が綻《ほころ》ぶ俺。しかし、荷物の重さによろけてしまう締まらなさも相変わらずだった……。


ゴロンゴロンとキッチンのシンクにカボチャを転がす。

さて、どうしたものか。

エリーを呼んでいるが、お部屋のお掃除で少し遅れて来ることになっている。

この場にいるのは俺とアルルのみ。

「まずは洗うか」

「はい！」

公国から持ってきた、遠くの都市国家連合ジルコンで作製されたスポンジを手に取り、カボチャへ向ける。

ジルコンは世界最大の港街で、近海でとれたカイメンを乾燥させこのスポンジが作られているのだ。

こいつは体を洗う用のスポンジに比べて品質が悪くゴワゴワしているのだけど、洗い物をするにはこっちの方が都合がいい。

売り物としても、キッチン用と体洗い用で別物として売られている。

構えた俺を見たアルルがささっと蛇口をひねった。

じゃーっと勢いよく水が流れ、スポンジでこすることによってカボチャの細かな汚れが取れていく。

まあ、ここまでは誰《だれ》にだってできるわな。うん。

さて、お次はどうする？

アルルをしかと見つめるが、彼女もまた俺をじっと見つめたまま何ら反応を返さずにいる。

見つめ合っていても何も進まねえ。

ガタン――。

その時、何かを落とす音が響き渡る。

「お、エリー」

珍しいな。エリーがお盆を落とすなんて。

でも、丁度いいところに来てくれた。

「お。お、お邪魔でしたか？　わ、私」

「いや、待っていたんだよ。こう二人だとどうにもこうにもな」

いやんとばかりに顔を背け、頬を赤らめるエリー。

なるほど、これはお盆を落とすわけだ。顔と一緒に手まで動いているからさ。

彼女が落としたお盆を拾おうとしたら、先んじてアルルが拾い上げてくれる。

「エリー？」

下からエリーを見上げたアルルが問いかけるように彼女の名を呼ぶ。

「アルル、さっきまで一体何を？」

アルルの横で中腰になったエリーが彼女に何やら尋ねている。

「洗ってた」

「洗ってた？」

「カボチャ」

「カボチャ……」

「うん」

「そ、そうだったの。私ったら何を考えて」

「何を考えてたの？」

「な、何でもないから！　アルルは気にしないで！」

「うん」

何だか盛り上がっているなあ。

仲が良いのはいいことだ、うん。公都ローゼンハイムに彼女らの友人もいたことだろう。

それを俺が辺境に行くというからついてきてもらったので、彼女らは友人と会う機会を失ってしまったんだ。

二人だけになってしまって申し訳ない気持ちがあるけど、それでも仲良くやっている姿を見られると嬉《うれ》しい。

「し、失礼いたしました。ヨシュア様！」

はっとなったエリーが立ち上がって、深々と頭を下げる。

つられてアルルも同じようにぺこっとした。

「いや、俺のことは気にせず、喋《しゃべ》っていてくれていいんだよ。まだまだカボチャはあるし、手持無《てもちぶ》沙汰《さた》にはならないさ」

「いえ、そのようなことは」

「二人がきゃっきゃしている姿を見るだけで癒《いや》されるし。謝るようなことじゃあないさ。それに、もう業務外だろ。俺が誘っちゃったわけだから」

「何をおっしゃいますか。ヨシュア様のお力となれることこそ、私たちの喜びでございます」

「だああ。硬い硬い。せっかくの息抜きタイムがそれじゃあ疲れるだろ。もっと楽に。アルルとしばらく遊んでいてくれてもいいよ」

「ヨシュア様が拝見したい、のでしょうか」

神妙な顔でエリーがそんなことをのたまってくるが、目が真剣過ぎてどう応《こた》えていいものか悩む。

エリーもアルルみたいに抜くところは抜いて、入れるところは入れるようにできればいいんだがなあ。ルンベルクも硬いが、エリーほどじゃあないんじゃないかと最近思っている。昔は逆に考えていたんだけどね。

って、何を思ったのかエリーがアルルをぎゅーっと抱きしめたではないか。

「エリー？」

「きゃっきゃとはどうすれば……抱きしめればよいのでしょうか」

「たぶん、違うよ。エリー。だって、少し痛い」

うわあ。ギリギリいっておるなあ。

アルルの華奢《きゃしゃ》な体が折れないか冷や冷やする。

あれが俺だったら、ポキンと逝っているかもしれん……。恐るべしエリーの馬鹿力である。

だって、俺を抱えてルビコン川をぴょーんと飛び越えるくらいなんだものな。本気になれば、俺の腕など片手で握りつぶせそう。

ささあと血の気が引き、こうしちゃおれん、エリーを止めねばと口を開きかけた時、テーブルの拭《ふ》き掃除《そうじ》を終えた執事のルンベルクが顔を出す。

「お邪魔でしたか？」

「いや。まだカボチャを洗い始めたばかりで。二人は何というか、仲睦《なかむつ》まじいところの最中？」

「エリー。痛いー」

あ、しまった。

下手《へた》に弄《いじ》ってしまったので、恥ずかしがったエリーの腕に力が籠《こも》ってしまったのか。

アルルの悲鳴が痛々しい……。

「エリー、アルル。そろそろ始めよう。さ、離れて離れて」

どうどうと手を広げるジェスチャーをすると、真《ま》っ赤《か》になったエリーがそっとアルルから体を離す。

対するアルルはペタンとなった猫耳を元に戻し、小さく息を吐いていた。お疲れ、アルル。

この微妙な空気を何とかする手段を俺は心得ている。

ふ、ふふふ。

「ルンベルク」

「はい。ここに」

できる執事のルンベルクがただ何も策がなく、単に俺たちのカボチャ料理の様子を見に来ただけなんてことはないはずだ。

困った時のルンベルク。こいつは中々に的を射ているのだ。

「ルンベルクもカボチャ料理を一緒に？」

「いえ、及ばずながらですが、一つお試しいただきたいものがございまして、勝手ながらこちらに参ったわけでございます」

「へえ。どんなものなの？」

「こちらでございます」

ルンベルクが丸めて口を縛った白い布をキッチン台に置き、ささっと縛りをほどく。

中には真っ白の真珠のようなつぶつぶが沢山入っていた。

何だろうこれ。

指先で一粒挟むものの、よく分からない。

あ、こんな時は植物鑑定だ。

「なるほど。こいつはタピオカパールか。キャッサバを加工したんだな。シャルがこの前タピオカミルクティーを作ってくれたんだよ」

「はい。シャルロッテ様より知見を得まして。さすがヨシュア様。何でもお見通しでございますね。浅はかながら、甘いフルーツのような野菜とお聞きし、これが合うのではないかと愚考した次第です」

「よっし、それでいこう。カボチャの調理の方向も決まったな」

「菓子類にされるのでしょうか？」

「うん。どんなものができるだろう。みんなで考えてみよう。タピオカにはこだわらずとも、タピオカはシャルが作ってくれたようにドリンクにも使えるからね」

「承知いたしました」

そんなこんなで、ようやくカボチャの調理に取り掛かる俺たちであった。

お料理が得意ではないと言っていたアルルも、包丁を持たせたらうまいのなんのって。

彼女は指示されたことなら、そつなくこなすようで、自分で考えて何かをすることを苦手としていることが分かった。

エリーは手慣れたもので、頭の中にいくつものレシピが刻み込まれているようでそれを元に自分でアイデアを出すことができる様子。

とても頼りになる。今回もお菓子でとなったら、パイにしようとかそれともペースト状にして……なんて調理方法がすぐに出てきた。

一番意外だったのはルンベルクで。群を抜いて料理に対する造詣《ぞうけい》が深いことが分かった。

うちの執事はとんでもねえぞ。


カボチャパイに、パンプキンタルト、カボチャプリン、カボチャクリームが完成した！

飲み物はタピオカミルクティーの上からカボチャクリームをちょいと載っけたものだ。

卵を使っているんじゃないかって？

そうなんだ。ソーモン鳥の卵と某牛乳令嬢からお裾分《すそわ》けしてもらった牛乳も使っている。小麦粉と紅茶以外は全《すべ》てこの地でとれたものを使っているんだ。

甘みはカボチャそのものと、バルトロが採取してきてくれたあまーいハチミツの二点である。

牛乳ついでにシャルロッテも家に呼び、カボチャパーティと相成った。

いっぱいお菓子を作ったけど、俺は紅茶を淹《い》れてカボチャクリームを載せただけという、まるで料理に貢献をしていなくて申し訳ない。

多くのアイデアはルンベルクとエリーが出してくれたものだ。彼らは既存の有名なお菓子のレシピをそのまま使っただけだと謙遜《けんそん》していたけど、パッとこれだけ思いつくのには頭が下がる。普段から料理に親しんでいることが如実に分かるってものだ。

ハウスキーパーの四人にシャルロッテ、ちょうどルンベルクと旧交を温めていた仮面の紳士ことリッチモンドと俺で合計七人が食卓を囲む。

「ルンベルク殿にこのような一面があったとは……」

リッチモンドは表情こそ仮面に隠れて見えないが、彼にとっては意外過ぎる出来事だったのだろう、肩を震わせるだけじゃなく指先もプルプルしていた。パンプキンタルトを指さしたそのままの姿勢で。

そんな彼に俺は自分のことのようにルンベルクを自慢する。

「ルンベルクは何でもできてすごいんだ。執事ってことになってるけど、彼がやってくれていることは多岐に亘《わた》る。そして、そのどれもが素晴らしいんだよ！」

「ルンベルク殿ならば！」

力強くリッチモンドが言葉を返したところで、あることを思い出す。

そう、ルンベルクが横にいるのを忘れてたんだ。

「ヨシュア様……」

彼はどこからか取り出した絹のハンカチを目元に当て滂沱《ぼうだ》の涙を流している……。

さすがに本人がいる目の前で、我がことのように自慢するのはまずかった……かも。

ルンベルクがいたく感動し感涙しているのはまだ理解できるとして、何故かエリーまで号泣している し!

バルトロもへへっと鼻をさすりしんみりとした様子で、リッチモンドに至っては仮面の下からポタポタと雫《しずく》が垂れている。

俺がやらかしたかもしれない。だけど、いくら何でも反応が大き過ぎだろ。

「さ、食べよう。な、アルル」

「はい!　おいしそう、です!」

比較的平静を保っていたアルルに声をかけると、彼女は元気よく両手をあげ耳をピンと立てた。

さすがに涎《よだれ》が垂れるまではいっていないけど、このまま待てをしたらダラダラするかもしれない。

彼女の名誉のためにそのようなことはしないけどね!

どっかの野生児にならば容赦なく実行するけど。

「何か変なことを考えていたじゃろ」

「どうえええ!」

突然、肩に顔が乗っかってきた。

何だなんだ、妖怪《ようかい》か?　狐《きつね》耳が生えているし、きっと背後霊か何かに違いない。

「びっくりし過ぎじゃろ。何やら楽しそうなことをやっていると聞いての。顔を出したのじゃ」

「そ、それならそうと、正面から来たらいいじゃないか。いつの間に部屋に入っていたんだよ」

「キミ以外は全員気が付いておったが？」

「それならペンギンさんやガラムたちも連れて来たらいいのに」

「ガラムらは酒宴の真っ最中じゃな。宗次郎ならそこにいるじゃろ」

どこ？

あ、いた。

レースのかかった机の下にぬぼーっと立っている。

だから、何で二人ともわざわざ俺から見えない位置にいるんだよ。

彼女らの分も飲み物を用意しなきゃ。

「お持ちいたしました」

「は、早いな……いつの間に」

絹のハンカチを目に当てていたはずのルンベルクが、優雅にお盆の上にタピオカミルクティーを載せて俺に向け会釈をする。

完全に話の腰を折られてしまったが、改めて。

こほんとワザとらしい咳《せき》をすると、全員の注目が俺に集まる。

そうかしこまられても逆にやり辛いのだが。

ええい。気にしていたらまた変な邪魔が入る。

「みんな、集まってくれてありがとう。じゃあ、カボチャの試食会を始めよう！」

タピオカミルクティーの入ったコップを掲げると、コップを持てないペンギン以外が同じようにコップを前にあげた。

「乾杯！」

紅茶で乾杯もねえだろうと思ったんだけど、何だかこう様式美というやつと言えばいいのか。

飲み物を持って開始の合図なんかしちゃったら、こう、つい。

おっと、こうしちゃおれん。俺が食べ始めないとみんな食べてくれないからな。

ペンギンとセコイア以外。

そんなわけで、失礼ながら一番乗りで小声で「いただきます」と手を合わせてから、切り分けられたカボチャパイに手を伸ばす。

もしゃ、もしゃ。

お、おおお。

砂糖を使っていなくても、いや、むしろハチミツとカボチャの自然な甘さでこちらの方が好みかもしれない。

パイ生地もサクサクで、これがまたカボチャとよく合う。

「おいしい！　みんなもちゃんと食べてくれよ」

ささっと、小皿にカボチャパイを載せてエリーとルンベルクに手渡す。

二人は恐縮したように一歩引いてしまったが、気にせず押し付け、続いてアルル、バルトロ、リッチモンドと次々に配っていく。

野生児は勝手に取るだろうから、別にいいや。

だけど、ペンギンにはちゃんとお皿にカボチャパイだけじゃなく他のお菓子も載せて、床に置くことにした。

だって、彼はテーブルの上までフリッパーが届かないものな。よしんば届いたとしてもうまく掴《つか》めないから、下手《へた》すると全部ひっくり返して大惨事になってしまう。

『もっちゃもっちゃ……ほほお。こいつは良いね。日本にいた頃《ころ》を思い出す』

『そっか、ペンギンさんはお菓子を食べていなかったものな。今更だけど、種族的に口にして大丈夫なのかな……』

『まあ、問題ないさ。いざとなれば』

『分かったから。頼むからそうなってもここでやらないでくれよ』

『もちろんだとも。それくらいはわきまえているさ』

ペンギンは相変わらず食べ方が汚い。喋《しゃべ》ると年配の紳士って感じなんだけどなあ……。

あ、プリンはどうやって食べるんだろ。嘴《くちばし》を突っ込むも、プリンの入った容器の中まで入って行かない。

分かった分かったから、嘴を打ち付けようとするのは止《や》めてくれ！

無言でペンギンが執着しているプリンへスプーンを差し込み、彼の嘴の中にスプーンですくったプリンを突っ込む。

『もっちゃもっちゃ……うんうん』

『焦らなくても、これはペンギンさんの分だからさ。ちゃんと最後までスプーンですくうから』

『ふむ。特に急いでいたわけじゃあないんだがね。そうそう話は変わるが、アメジストと水晶の鉱脈は大発見だったね』

『俺もビックリしたよ。日本だったら大金持ちだなあれ』

『私は食べることと研究することができれば、それで大満足さ。大金なんて必要ないさ。君だって恐らくそうだろう？』

『うん。金には特に執着していない。日本にいたとしたら少しはお金も欲しいけど。あ……』

日本のことで、唐突に思い出した。

この世界と地球はかなり様相が異なる。地球での常識はこの世界じゃあ通用しない。

そう、気候も。

閑話一　ヨシュア追放後のルーデル公国　十八日目

人間の国は一度一つにまとまっていた時代があった。長い時ではなかったものの、一つになった人間の国に名称は無く、ただ帝国とだけ自称する。

広大な領域を治める帝国の国力は残ったいくつかの他種族を長とする国や地域を圧倒していた。

このまま帝国の領土拡大が成されると周辺国家は戦々恐々としていたが、帝国が他国に侵攻することは終《つい》ぞ行われずに短い歴史に幕を閉じる。

というのは、一つにまとまったことで、彼らの目は外部より内部に向かう。帝国は人間の国全《すべ》てを統一してから僅《わず》か十年で内紛期に入ったのだ。

安寧の時は続かず有力諸侯らは自立し、時は再び群雄割拠の時代を迎えることになってしまった。

時の皇帝ゲオルギオスは自立した諸侯らを打ち払うのではなく、取り込むか友好的な関係性を結ぶことに尽力し、人の国同士が争うことを今一歩のところで回避することに成功。

この時、もっとも活躍したのが聖教であった。

聖教は帝国の伸長と共に信者を増やし、自立した諸侯国においても国教になっている。

彼らはゲオルギオスの「再統一より平和を」という考えに深く感銘し布教活動を通じて和を説く。

特に聖教の象徴にして最も民から神聖視される聖女が矢面に立ったことが大きい。彼女はただ祈るだけ。争いのない世の中を、人々の安寧を。

争い合い疑心暗鬼に陥る人々に、途方に暮れる人々に、剣を握る人々にさえ、聖女は変わらぬ祈りを捧《ささ》げた。

全ての人に変わらぬ祈りを。

そんな人の理《ことわり》を超越した聖女の振る舞いに多くの人々は自らの行いを恥じ、荒《あら》ぶる心を鎮めたという。

それから数百年の時が過ぎて尚《なお》、代替わりを続ける聖女の気高き精神は受け継がれている。

通常、これだけ長い時が過ぎれば腐敗していくのが世の常なのだが、聖女に限っては変わらず人々に祈りを捧げているのだ。

前置きが長くなったが、ルーデル公国は帝国分裂期にルーデル公爵が自立してできた国である。

それ故、代々国の最高位は公爵を名乗っているのだ。

自立直後は王号や大公を名乗るべしとの声もあったが、他の自立した国と同じく公国もまた帝国を尊重し公国と名乗ることで落ち着いた。

そして当代の聖女もまた正しく人々の安寧のために真摯《しんし》に祈りを捧げる少女である。

彼女のこれまでの行動から、彼女も神へ帰依し私心なく行動していることは疑いようもない。

過去から現代におけるまで神からの神託を人々にもたらし続けた聖女。聖教を信じる人々にとって、どれだけ神聖視されているかは語るべくもない。

聖女は「神託のギフト」を授かった少女が職位につくのだが、これまでのところ同じ世に二人以上の神託のギフトを持つ者が現れたことがない。

また、聖女が留《とど》まる国は彼女が生まれた国と慣例で決まっている。

現聖女が神託のギフトを授かった時は困窮した公国の事情があったにもかかわらず、国内が歓喜の渦に包まれたものだ。

余談ではあるが、当時十歳のヨシュアは陰でこっそり微妙な顔でため息をついていたという。

聖女は今日とて変わらず敬虔《けいけん》な信徒としての務めを果たしていた。

それは、信徒としては正しい行いかもしれない。だが、決して為政者の姿ではない。

ヨシュアが改革を行う前の公国ならば、違和感なく受け入れられていたのかもしれないが、統治機構が様変わりした今となっては長が置物であることは政治の停滞になってしまうのだ。

なら、彼が改革を行う前の体制に戻せばよいではないかと考える文官は……残念ながら一人もいない。

誰《だれ》もが喰《く》うに困った時代へ逆戻りなど誰も望んでいないのだから。「誰も」には聖女も枢機卿《すうききょう》も含まれていた。

大聖堂で祈りを捧げる聖女の下へ法衣《ほうえ》をまとった壮年の男が訪れる。

「聖女様。戻りました」

「枢機卿。ご無事で何よりです」

聖女の祈りが終わるのを待ってから話しかけた法衣の男——枢機卿は柔らかな笑みを浮かべ指先でひし形を切った。

両膝《りょうひざ》をついた姿勢から立ち上がった聖女もまた枢機卿に向け指先でひし形を切る。

「わたくしが何か祈ることはありますか？」

「いえ、他国の枢機卿も大司教も聖女様がいらっしゃらないことを残念がっておりました」

「そうでしたか。次回はお伺いできればよいのですが。わたくしにはここで祈る責務があります」

「はい。神への祈りは俗世の事柄より優先されて当然です。ですので、次回の聖教会議はこの地ローゼンハイムで開催することとなりました」

「そうですか。それならわたくしも参加できますね」

聖女は抑揚のない静かな声で枢機卿に言葉を返した。

自分のために帝国で開催されている聖教会議をわざわざローゼンハイムで行うとなれば、心動かされるものだ。

しかし、聖女の心は波紋を浮かべぬ水のように平坦《へいたん》だった。

彼女にとっては聖教会議でさえも、俗世のことなのだから。

「公国に枢機卿と大司教が勢ぞろいするなど、公国始まって以来のことです。さぞ領民も勇気づけられることでしょう」

「はい」

聖女は柔らかな笑みを浮かべ、小さく首を縦に振った。

聖教を国教とする国にはそれぞれ一人の枢機卿がいる。帝国は特別で枢機卿に加え、大司教が選出されていた。

帝国がまだ一つだったころ、聖教には大司教、聖女、枢機卿がそれぞれ一人だった。それが、国が分裂したため、各地に枢機卿を置くこととなったのだ。

枢機卿は一国における聖教の最高責任者に位置づけられている。これに対し聖女と大司教は聖教全体の最高責任者に列せられていた。

どちらも高い地位にあることは間違いないが、在りようが異なる。

もっとも一般の聖教徒から見れば、どれも同じく尊い人なのだが……。

カツカツカツ。

柔らかに談笑する二人とは対照的に騒がしい靴音が大聖堂に近づいてきている。

「聖女様！　枢機卿お戻りでしたか！」

ビシッと敬礼した筋骨隆々な男は騎士団長だった。

「騎士団長。息災でしたか？」

「体だけは頑丈なもので。この通りです」

枢機卿に向け、ドンと自分の胸を叩《たた》く騎士団長。

「どうされましたか？」

「聖女様の神託にございました通り、はやり病の兆しが見えております」

「承知いたしました」

「聖女様へ感謝の言葉をお伝えしたく。急ぎ参った次第です。では、これにて！」

再び敬礼した騎士団長は踵《きびす》を返し、大きな靴音を立てながら元来た道を戻っていく。

彼の姿を目で追いつつ枢機卿が聖女に向け口を開いた。

「はやり病の神託があったのですか？」

「はい」

「神託、そして私の持つ予言のギフトはやはり……いや、神を疑う気など微塵《みじん》もありません。しかし、神の言葉を受け取る方の人間の判断が正しいとは限らないとも懸念しておりました」

「そうですね。神のお言葉は間違いありません。ですが、受け取る側の人間はそうではありません」

枢機卿が言わんとしていることは聖女にも分かる。

「公爵がこの地に留まると不幸が起ころう。南東の外れへ向かうべし」

「尊き者公爵の安寧はここにはない」

それぞれがあの時告げられた言葉を述べた。

忘れもしない。

俗世のことを関知しない聖女はともかく、枢機卿はこの神託と予言が出た時、夜も寝られぬほど悩んだ。

公国に繁栄をもたらしたヨシュアを辺境の地へ追いやるなど、いかな神の言葉でも……と。

それ故彼は「言葉の意味」を取り違えていないのか、考えに考えた。

だが、彼には答えが出なかったのだ。

「では、私もこれにて失礼いたします」

深々と頭を下げた枢機卿は大聖堂を辞す。

どうすればよかったのだ？　不幸が起こっても安寧がなくともヨシュア公爵をこの地に留めるべきだったのだろうか。

苦渋の表情を浮かべた枢機卿は指先でひし形を切ることしかできなかった。

◇◇◇

一方、辺境の地カンパーランドでは中央大広場に人々が集まっていた。

中央大広場の中央に佇《たたず》むヨシュア像――。

家屋の建築に邁進《まいしん》する大工たちだったが、彼らは一様に毎朝ヨシュア像に参拝するたびにあることを嘆いていた。

それは、ヨシュア様の像がポツンと立っていることに他ならない。

辺境伯領の中心地になる予定のオラクルは、この後大発展が約束されている。それを疑う者はこの街にいない。

疑念を持つとすれば、ヨシュアくらいのものであろう。他には街の発展に興味を示さないペンギンくらいのものである。彼は人の理の外にいる存在である故、特異過ぎると言っても過言ではない。

前置きはこれくらいにして、大工たちだけでなく増え続ける領民皆がヨシュア像だけが単独で立っていることを憂えていた。

だが、領民のことを慮《おもんぱか》らずにいられない辺境伯は、元々ヨシュア像の建造を企画した際に既に道を示している。

今はただの枠ではあるが、ヨシュア像を中心にして噴水にしたい。それが辺境伯の意向である。

このまま計画途中で放置しておいてよいものか。それに美しくはあるが石を彫っただけのままで像を放置しておいてよいものか。

いや、それじゃあいけない。

大工たちは奮起した。

忙しい合間を縫って、交互に誰か一人でも像に携わり、噴水予定地にレンガをのせ、少しずつではあるが工事を進めてきたのだ。

借りられる力は全《すべ》て借りた。職人たちはそれぞれが自分の技術を惜しみなく注ぎ込み……住宅が完成した翌日、ついに成し遂げたのだ！

「おおおおおお！」

歓喜の声をあげ、抱き合う職人たち。

種族も性別も年齢も関係ない。同じ目標に向かって邁進した盟友なのだから。

完成を聞きつけた他の領民たちも仕事の合間を縫って完成したヨシュア像と噴水を前に、誰もが思わず両膝をついたという。

感涙する者多数。中には仕事に戻ることができず他の者に引っ張られてしまった者もいた。

その中には絹のハンカチを目に当てた上品な男の姿もあったらしい。

そんな領民たちを見ながら、頭を抱えた俺は心の中で盛大にツッコんでいた。

な、なんなんだこれは！　いつの間にこんなことになっちまったんだよ！

確かに俺はなるべく広場に来ないようにしていた。やむを得ず広場に来たとしてもあの貧弱な像を見ないようにしてきたんだ。

それがまずかった。

本日のお供はエリー。彼女ははらはらと目から涙を流し、じっとある一点を見つめている。

なんだかこう、あれなんだよ。広場の方がやたらと騒がしかったから、何かあったのかと顔を出したらこんなことに。

見事な噴水がいつの間にかできていて、その中央に貧弱な像が立っている。

しかも、あろうことか像に白銀のコーティングがなされているではないか！

太陽の光に反射し不気味に輝きを放つ貧弱な俺の像。

一体どんな嫌がらせなんだよおおお。

噂《うわさ》を聞きつけたのか知らんが、集まった領民はみな膝を落とし貧弱な像を拝んじゃってるんだぞ。

ありがたいもんじゃないからな。よっし、コッソリあれを稲荷《いなり》像なんかに変えちゃうか。いや、狐は何か嫌だ。

◇◇◇

そうだ。ペンギンにしよう。

「ほう。見事なもんじゃの」

「違うんだ。俺は決して狐をないがしろにしようとしたわけじゃ」

「何を言っておるんじゃ？」

不意に後ろからセコイアが現れたものだから、動揺してしまった。

ひょっとしたらブツブツと狐は要らんという言葉を呟《つぶや》いていたかもと懸念したから。

「あの像のどこが……」

「像の造形はもちろん見事に尽きる。さすがトーレじゃの」

「職人の腕が素晴らしいことは否定しないけど」

腕によりをかけたのが俺の像じゃなかったら、手放しで称賛していたかもしれん。

それほどに職人たちの本気が見える噴水と像なのだ。

「白銀が何か分かるかの？　あれも筆舌に尽くしがたい技巧が詰まっておる」

「素敵です！　素敵という陳腐な言葉しか出てこない私をお許しください……」

そうね。なんだか輝いているよね。うん。

あと、エリー。そろそろ祈るのをやめてもらいたいんだが……。

「銀……じゃあないよな。あれ」

「うむ。あれはの、ミスリルじゃ。工法の知見はないがの」

「ミスリルだったら、錆《さ》びない、固い、傷つき辛《づら》い、と三拍子《さんびょうし》揃《そろ》っているんだっけ」

「そうじゃ。その分、加工をすることが困難になるのじゃがの」

「ガラムは易々《やすやす》とやっていた気がするけど」

「あやつはあれでも鍛冶師《かじ》として極みの域に到達しておるからの。豊富な内包魔力。そして、それを扱う技術に長《た》けておる。もっとも、魔力を扱う技術は鍛冶に特化したものじゃがの」

「ガラムってやっぱすごい人だったんだな。コンクリートも固めちゃうし」

「ドワーフやノームは遥《はる》かな昔から『ものづくり』を誇りとしてきた。なればこそ、あやつらの術はそれに特化しておるのじゃよ」

「俺も魔法の一つくらい使ってみたいもんだ」

転生して魔法のある世界だと知った時は、「魔法きたあああ」なんて思ったものだが、甘くはなかった。

激務続きで魔法の練習なんてする暇も碌《ろく》になかったし。

ふうとシニカルに息を吐くと、いつの間にか前に回り込んでいたセコイアが口元をひくつかせとっても微妙な顔でこちらを窺《うかが》っているじゃあないか。

「無理じゃ」

「何が？」

「魔法を扱うこと。キミにはの」

「ええええ。そんなことないだろ。俺だって本気になればファイアボールの一つくらいどばーんとだな」

「キミの魔力は魔道具に注ぎ込むだけで精一杯じゃからの。他人の魔力を推し量ることもできぬじゃろ？」

「え？　当たり前じゃないか。魔力量の計測なんて、達人じゃないとできないもんだろ？」

「基礎の基礎のこれまた基礎じゃ」

「え、ええええ……」

人間、向き不向きってあるよな。うん。

努力をしてもダメなものはダメってことだ。ははは。

そもそも努力さえしていないだろって突っ込みは聞かねえからな！

んーと耳を塞《ふさ》いでいたら、セコイアがとんでもなく嫌そうな顔でプイッと顔を背けてしまった。

「いや、人間諦《あきら》めが肝心だって。俺が修行をしたところで魔法が使えるようにならないってことだろ」

「ボクがつきっきりで三か月くらい頑張れば、ロウソクに火を灯《とも》すくらいはできるようになるかもしれんぞ」

「ほう。たった三か月で。一日どれくらい修行をすればいいんだ？」

「最低六時間。更に基礎体力が足りな過ぎるからのお。二時間くらい走り込みでもするかの？」

「お断りだ！」

さらば、魔法を使う夢。

夢とは夢であり、儚《はかな》いものなのだ。

この日の夜に聞いたことなんだけど、ミスリルコーティングはとんでもなく手間がかかるものだと分かった。

ミスリルを粉状にして、薄く張り付けたところを魔力を込めて「延ばす」のだそうだ。

ミスリルを細かく砕くだけでも相当骨の折れる作業だと聞く。その後の「延ばす」工程は更にらしい。

そんな高く険しい道を何もあの貧弱な像に使わなくても……。

第二章　水道橋

辺境の地カンパーランドと隣接する公国領。当たり前だけど、俺は公国領から辺境の地へやってきた。

公国領にある辺境に一番近い村から、辺境の境界線まではそう離れてはいない。

しかし、その村では魔石も燃焼石も取れる。

植生だって異なるのだ。給水のために立ち寄っただけで、村の隅々まで観察したわけではないので絶対そうだとは言い切れないけど……。

村には多数の雑草や低木、高木が自生していたけど、キャッサバの葉を見ることはなかった、と思う。

もし、あの特徴的な葉を見ていれば記憶の片隅に残っているはず。

そうだな。村から僅《わず》か数十キロでガラリと気候が異なると言い換えてもいい。

そこで俺は思った。

何か目に見えない境界線……例えば大陸プレートと大陸プレートがぶつかり合う場所のように、マナとマナがぶつかり合う場所で境目ができているといったことがあるのではないだろうか？

俺はセコイアやペンギンと違って、気候の激変のメカニズムには興味がない。

興味があるのは結果であり、今起こっている事象である。

『どうしたのかね？』

「ヨシュア様、食べないの？」

おっと、俺にとって大きな気付きだったので、ついついそのまま考え込んでしまった。

ペンギンだけじゃなく、アルルまで下から覗《のぞ》き込むように俺を見上げてきているじゃあないか。

あと、なんだか後ろに湿り気を感じる。

それは無視でいいだろ。あー、でもなー、バリバリと下品に食べる音がするし、いや、服なら洗濯すりゃいい。体なら風呂《ふろ》で洗えばよいさ。

「一つ思いついたんだよ」

『ほう、そいつは興味深い。君のことだ。この世界独特の事象に目をつけたのだろう』

後ろの雑音に目をつぶり、ペンギンの言葉に対しコクリと頷《うなず》きを返す。

公国語で喋《しゃべ》っているのにペンギンが理解しているじゃないかって？

それにはもちろん絡繰《からく》りがある。これまで何度も行われているが、彼はセコイアから脳内同時通訳を受けているんだ。

彼女が俺の声を聞いている時ならば、ペンギンはどちらの言葉で喋りかけられても理解できる。

「ペンギンさんは知らないかもしれないけど、俺の住んでいた土地とここは結構、植生が異なるんだよね」

『ほう。物理的距離、山脈、海、風……気候を決定する要因はいくつもある。標高が少し違うだけでも、温度が異なるものだからね』

「ここからは、アルルに聞きたい」

「ん？」

急に話を振られたアルルはパンプキンタルトを口に挟んだまま、コテンと首をかしげた。

ルンベルクやエリーに聞いてもよいのだけど、崖下《がけした》の洞窟《どうくつ》での察知能力とかを鑑みるに彼女は風の動きというか些細《ささい》な環境変化に敏感だ。

俺の予想であるが、猫耳と尻尾《しっぽ》がアンテナのように働いているのではないだろうか？

セコイアも狐《きつね》耳と尻尾があるから、こう察知に優れているんじゃないかな。ほら、雷獣の気配に気が付いたりしてたじゃないか。

「この屋敷に来るまでにさ、こう風の動きというか太陽の光というか、ガラッと変わったなんてことを感じなかったかな？」

「うん？」

猫耳をピコピコ揺らし、口から出たタルトをもっしゃもっしゃと咀嚼《そしゃく》してごっくんするアルル。

そしてまたしても首がコテンとなってしまった。

「馬車でさ、結構飛ばしてたから分からないかもだけど、風の流れが変わった瞬間ってなかった？」

「いつも、どこでも。あるよ？」

だあああ。アルルは俺が思った以上に鋭敏なんだ。

俺にとっては扉を開け閉めするくらいの些細な風の動きでも、彼女にとってはそうじゃあない。

彼女の中では、ハッキリと風の動きが変わったと認識しているのだろう。

「じゃあ、ここに来るまでで一番強く風の流れが変わったところってどの辺りだったかな？」

「ルドン高原？」

「やっぱりそうか！」

ルドン高原とか大層な名前がついているけど、なだらかな丘で範囲も狭い。

丘の下から頂点までの高さは五十メートルもないんじゃないかなあ。丘のてっぺんからでも特に見晴らしがよくなるわけじゃあない。

昨日《きのう》アルルと行ったルビコン川北の小高い崖《がけ》の上の方がよほど高さを感じることができる。

『ルドン高原とは？』

今度はペンギンが口を挟む。

「ルドン高原は辺境と公国の気候的境界線だと思う。公国が辺境だと認識している境界線はルドン高原より二十キロくらい公国よりだけどね」

「して、ルドン高原とやらが何だというのじゃ？」

「うわあ。口を拭《ぬぐ》ってからにしてくれよ」

「問題ない。そこで拭《ふ》いた」

俺のズボンじゃねえかよ。

不意に俺の肩の後ろから顔を出してくるから、適当に突っ込んだのだが、まさかそんな事態になっていたとは。

いや、スルーしていたのは俺だ。突っ込んだら変に絡んでくるんじゃないかと思ったからさ。

「……どうせこの後、風呂に入るし洗濯もするからいいや」

「風呂？　入るのかの？」

「一人でな。いや」

「破廉恥な奴《やつ》じゃ。よいぞ」

「ペンギンさんは一人じゃ背中を流せないから、一緒に入ろう」

「頼んだ」とばかりに両フリッパーでバンザイするペンギンにぐっと親指を突き出す。

いかん。セコイアをからかい過ぎたか。

俺に対し何か行動を起こす前に興味を逸《そ》らさねば。

「ルドン高原を境にして急激に気候が変わる。つまり」

「つまり？」

よっし、セコイアが乗ってきた。

彼女にとって知的好奇心は他の何にもかえがたいものみたいだからな。

「明日の行き先を変えよう。二頭立ての馬車で向かう」

「行ってからのお楽しみってわけじゃな」

「うん。思ったよりうーん、な感じかもしれないけどね」

「遠出も楽しそうじゃ」

そんなわけで、明日の行き先はルドン高原へと変更になったのだった。

そうそう、カボチャ試食会は大好評のうちに幕を閉じる。

またやろうということになったんだけど、ルンベルクとエリーにお願いするってのが正確なところだ。


『悪いね。背中を流してもらって』

『いやいや。いつも頑張ってくれているし。風呂も毎日ってわけじゃあないだろうし』

『川で水浴びもしているから、問題ないさ』

カイメンを加工したスポンジでペンギンの背中をごしごしすると、彼は気持ちよさそうに嘴《くちばし》から小さく息を吐く。

やはり、風呂はいい。魔石問題を早く解決させて、公衆浴場も作りたいなあ。

屋敷には入浴設備があるけど、領民たちにまでインフラが行き渡っていない。風呂より水道が優先なことも分かっている。

でも、エリーが香油を使っていたように嗜好《しこう》品や遊興設備も生活には必要だ。

嘆いていても仕方ない。一歩ずつ進んでいくしかないのだから。

「いけません。セコイア様！　ヨシュア様がご入浴中です」

「放すのじゃ！　放すのじゃあああ！」

外が騒がしい。

まあ、エリーなら侵入者をきっちり排除してくれるだろうさ。

ざばー。

桶《おけ》ですくったお湯をペンギンの背中にかける。

よっし、綺麗《きれい》になったな。

『ふうう。生き返るうう』

『ペンギンになっても、風呂は気持ちのよいものだね』

ペンギンと二人揃《そろ》って湯船につかり、極楽気分を味わう。

疲れも一気に流れ落ちて行くようだ。

「分かった。ボクも悪かった。考えを改めよう」

「分かってくださったのですね」

「うむ。ボクが独り占めしようとしたことが間違っておった。エリー、キミも一緒に来るがよい」

「え……いえ、そんな……ヨシュア様のせっかくのお時間を」

「よいではないか、よいではないか」

こらあああ。

頑張れエリー。野生児に籠絡《ろうらく》されるんじゃあないぞ。

『ふうう。いい湯だ……』

ばしゃっと手ですくった湯を自分の顔に浴びせ、大きく息を吐く。

「どこ行きおった、ヨシュアめ。湯の中じゃろ？　ブクブクしとるのか？」

「あ、あの……」

「分かっておる。気配はここ浴場にはないのじゃから。しかし、せっかく中に入ったのだから、湯につかろうではないか」

「は、はい」

ガラリ——。

「あ」

「え」

風呂に入るのだと安心していたら、風呂扉が開いた。

そこで、セコイアではなく、彼女の真後ろに立っていたエリーと目が合う。

「エリーは俺がもう出ているのを分かっていて、セコイアの窓からの侵入を許したんだよ」

「ううむ？」

「全く、服を着たまま風呂場に入って、入るなら服を脱げよ」

全くもう。扉の向こうから声がしなくなったから、すぐに察したよ。

こいつはよろしくないと思って、脱衣室に移動したらこれだ。

屋外からだから、二人ともももちろん服を着ている。バッチリとな。

「うむ！」

「きゃ」

セコイアがエリーの服に手をかける。

な、何しとるんじゃ、こいつ！

ピシャリ。

「脱ぐなら俺が扉をしめてからにしろ！」

風呂扉を閉めて扉向こうに向けて叫ぶ。

「セコイアさま……ダ、ダメですって」

「ふ、ふふふ」

また何かはじまった様子だけど、とっとと移動しよう。

ぺたぺたよちよち歩くペンギンと一緒に台所に向かうことにした。何か飲もうっと。

風呂あがりはコーヒー牛乳がよいけど、コーヒーはまだ無いのだ。

コーヒーってここで栽培できるのかなあ？

ペンギンを部屋まで送り、自室へと戻る。

アルルと探索をしたこともあって、体は心地よい疲労感に包まれていた。風呂に入ったのもあり、ベッドに寝転がると急速に眠気が襲ってくる。

「ふああ」

大きなあくびが出たところで、もう意識が遠くなってきた。

◇◇◇

「ヨシュア様！」

コンコン響く扉の音と共に、涼やかな聞きなれた声が耳に届く。

この声はエリーだな。彼女の声を例えるのなら、夏の風物詩である風鈴の音とでも言えばいいのだろうか。

涼やかでなんか落ち着く、そんな感じだ。

一方でアルルは彼女と正反対の声質をしている。どこか間延びしていてほっこりするんだけど、なんだか元気が出てくる……みたいな。

矛盾しているイメージなのかもしれないんだけど、不思議なことに同居しているんだ。

でも、俺の名を呼ぶエリーの声はいつもと違って余裕がないように聞こえる。

寝ぼけ眼をこすりこすりし、急ぎ扉を開けた。

「何かあったのか？」

「はい。ちょっと困った事態に。どうしていいものか領民たちも判断に苦慮している様子でして」

「そいつは急いだ方がいいな。案内してもらえるか？」

「畏《かしこ》まりました。お召し物はいかがなされますか？」

「すぐに着替えるよ。少し待っててもらえるかな」

「承知いたしました」

お腹《なか》の上に両手を当て、すっと頭を下げるエリー。

一体何が起こったというのだろう。

緊急事態発生となれば、予定変更だな。

着替えをする俺を気遣って扉向こうで待つエリーに声をかける。

「ペンギンさんとセコイアにしばし待機でと伝えておいてもらえるか？」

「アルルに向かわせます」

「ありがとう」

着替えをしつつエリーに礼を述べた……のだが。

「呼んだ？　ヨシュア様？」

「どえええ」

窓の外にさかさまにぶら下がったアルルが！

なんだこのデジャブ。

「ぺ、ペンギンさんに緊急事態発生のため待機と伝えてもらえるかな？」

「はい！」

「それと、ぶら下がる時はスカートじゃない方がよいんじゃないかな」

「うん？」

前にも同じことを言った気がするけど、やはり彼女は全く気にしていない。

見せパンツなのか？　そういう話を聞いたような、聞かなかったような。

「ヨシュア様も。同じ」

「あ、俺は着替え中だからな」

「こら、アルル！」

扉向こうで俺とアルルの会話を聞いていたのだろう、エリーからアルルに向けて悲鳴のような声があがる。

おっと二人の様子に気を取られている場合じゃねえ。

もそもそとズボンをはくが、急ぎ過ぎたため足が絡まってその場でぺたんと尻餅《しりもち》をついてしまった。

な、何て情けない。

アルルにバッチリと見られてるし……。

「見てません！」

「お、おう」

微妙過ぎるフォローに心の中にぴゅーっと寒風が吹き抜けた。

◇◇◇

エリーに連れられて着いた先は自慢の鉄筋コンクリートを使った中央市場（予定）の建物だった。

ちょっとした騒ぎになっているのか、人だかりができている。

だけど、みんな建物から一定の距離をとって統制が取れているようだった。

なるほど。バルトロと彼が率いる探索部隊の人たちが抑えていてくれたのか。

ところがどっこい。俺が顔を出すや大歓声が巻き起こってしまった。

演説の時はともかく、特に何でもない時にでもここまで反応があると乾いた笑いが出そうになる。

そのうち領民たちも慣れてくることだろうし、商店街完成の暁には露店で買い食いとかやりたいものだ。

その時はそっと俺を見守って欲しいと願う。

「ヨシュア様」

「バルトロ、何が起こったんだ?」

「大したことじゃあないんだが、どうしていいものか迷う事態で」

頭の後ろに手をやったバルトロは歯切れ悪く、苦笑しつつもう一方の手で無精ひげを撫《な》でる。

「何か出たのかな?」

「見てもらった方が早い。もう捕獲済みなんだよ」

「ほうほう」

「こっちだ。ヨシュア様」

歩き始めたバルトロの後ろをついていく。

建物に入ると、バルトロが右手を指さす。

そこには木製の籠《かご》……いや蓋《ふた》がないから柵《さく》があり、中に見たことのない動物が二体ふてぶてしくお座りしていた。

鼻をヒクヒクさせたそいつはウサギのようにも見えるし、ネズミのようにも見える。

サイズは中型犬より一回り大きいくらいで、足先はネズミっぽく尻尾《しっぽ》はウサギっぽい……。何とも中途半端な見た目でもやっとする。

毛色は白っぽい灰色で直毛、そして長い。俺の指先を毛の中に突っ込むと手首辺りまで埋まるんじゃないだろうか。

思わず隣にいたエリーと顔を見合わせ目を丸くしてしまうほどだ。

彼女は俺とは異なり、あの動物に興味津々といった様子で目じりが下がっている。

「エリー、あれ、飼う？」

「い、いえ……」

彼女にしては子供っぽい仕草でぶんぶんと大きく首を振って否定した。

しかし、彼女はチラチラとあの動物を見ている。

「バルトロ、あいつは二階の食物庫を狙《ねら》って侵入したのかな？」

「その通りだ。つってもキャッサバくらいしか置いてないんだけどな」

「てことは飼育できそうか」

「肉は少なそうだぜ」

「いや、毛を刈るのにいいかなと思って。繁殖力と食事量次第だけど」

「分かった。牧場の誰《だれ》かに頼んでみるぜ」

「助かる」

この動物をこの時点で発見できたことは幸運だと言っていい。

だけど、簡単に侵入されるのは何とかしなきゃならないな。穀物を全部ガリガリと齧《かじ》られたら辛《つら》い。


ネズミのようなウサギのようなモフモフ生物もとい家畜予定騒動に時間を取られたが、対策についてバルトロへ丸投げしてしまった。

なので、予定通り馬車でルドン高原まで行こうとしたのだが……。

「すまん、バルトロ。仕事を頼んでおいて」

「御者の方が楽しいし、こっちこそだぜ」

そうなのだ。馬車で行くと決めたはよいけど、同行者がアルルとセコイアだったので御者がいない。

他の人に御者を頼もうと思ったのだけど、バルトロが買って出てくれたってわけだ。

というのは、彼が別れ際にいつもの軽ーい感じで「この後何するんだ？　ヨシュア様」とかの話になり、「ルドン高原まで行く」という話を伝えたところ、前述の御者問題に気が付いたという……。

「アルル。（御者）できるよ？」

「馬二頭だし、アルルには探知をしてもらわないとだからさ」

セコイアと並んでちょこんと座ったアルルがこくこくと可愛《かわい》らしく頷《うなず》く。

「ボクも御者くらいならできるのじゃ」

「対抗しなくていいから！」

彼女らなら御者をこなすことができるってことを俺だって知らないわけじゃあない。

だけど、どちらにやらせても俺の腰が短時間で痛くなることは確実だ。

その点、バルトロは乗る人のことを考えて驚くほど穏やかに運転してくれる。

彼とルンベルクが操る馬車は、別の乗り物に乗っているかのようだ。

そうこうしているうちに馬車が動き出し、周囲の景色《けしき》が移り変わっていく。

『馬車とはなかなか楽しいものだね』

座席の上でフリッパーをぱたぱたするペンギンは大喜びの様子。

俺と違って乗り物が大好きなのかもしれない。

車内に目を移すと、ペンギンは俺の隣で、対面にアルルとセコイアが揃《そろ》って足をブラブラさせているといった感じだ。

何も知らない人がこの光景を見たら、これから調査に出かけるなんて思わないだろうな。

っと、ペンギンがぐらぐらして倒れそうになってしまった。

慌てて白いお腹《なか》をむぎゅーと手のひらで支えたが、彼は嘴《くちばし》をパカンと開き右のフリッパーを半ばほどで器用に折り曲げる。

『ペンギンさん、気を付けてくれよ。車と違ってとても揺れるんだ。バルトロだからこれくらいで済んでいるけど』

『サスペンションを装着すればより良くなるのではないのかね？　一番は道を舗装することだが』

『サスペンション？　あ、なるほどな』

サスペンションて確か車の振動を軽減するバネみたいなものだったっけ。

たしか……バネがうにょんうにょんと動くことで揺れを吸収してくれる仕組みだったと思う。

ふかふかベッドのマットなんかにもバネは使われていて使用用途も広い。

「こら、ちゃんと説明せんか。宗次郎《そうじろう》、ヨシュアも。二人だけでいちゃついたら……」

「どうするんだ？」

「拗《す》ねる」

「……あ、うん」

ぷくーっとフグのように膨れられても、どう反応すりゃいいんだ。

よし。

体を乗り出したら馬車の揺れに足をすくわれそうになるが、何とかセコイアの顔に向け手を伸ばす。

「撫でてくれるのか……むぎゅう」

「あははは」

「こらああ！」

「頬《ほ》っぺたが膨らんでたら、押してみたくなるだろ」

ぽかぽかと俺の胸を叩《たた》くセコイアだった。

一方でアルルもセコイアの真似《まね》をして頬を膨らます。

「アルル？」

「ヨシュア様、楽しそうだった。どうぞ、アルルも」

「そうかそうか」

アルルのサラサラの髪の毛をナデナデする。

彼女は何て可愛い仕草をするのだ。彼女は見た目以上に内面が幼い。だけど、子供っぽい純真な反応には裏が無く、小さい子に抱くような保護欲を掻《か》き立てられるのだ。

ん？　野生児はほら、見た目と裏腹に中身がアレだから。邪念だらけだもの。

「むうう」

やばい、このままではセコイアアタックを喰《く》らってしまいそうだ。

こんな時はそう、いつもの手だ。

「サスペンションてのは、車輪に装着するギミックでな。バネというものを使うんだ」

「ほう。バネとは？」

「あれ、ローゼンハイムになかったたっけ」

「聞いたことないのお」

「言葉だけだとうまく説明できないんだけど、そうだ。トーレに伝えながら絵を描いてもらおうか」

「絶対じゃぞ。ヨシュアはすぐに忘れるからの」

「わ、忘れたことなんてねえし」

「目が泳いでおるぞ」

んー。聞こえんなあ。

『バネとは力を加えると形が変わり、離すと元に戻る「弾性」の仕組みを利用した道具と言えばいいのかな』

見かねたペンギンが助け船を出してくれた。

何という的確な表現なのだ。これならセコイアにも伝わるはず。

脳内でペンギンの言葉を翻訳しただろう彼女は顎《あご》に手を当ててすううっと目を細める。

こういう仕草や表情を見ると、彼女は子供じゃあないんだなあと思う。

「つまり、押して離すと跳ねるのじゃな」

「そんな感じだ。力が加わった車輪が沈み込み、車内の水平を保つんだ」

「力が抜けると自然に戻る、なるほどのお。ベッドに使っても面白そうじゃな」

「おお。もうバネの用途を把握したのか、すごいな」

「ぬふふ。バネではないが、よく似た素材があるのじゃよ。海に住むタコがそれに近い」

「……いやーなものを想像してしまったわ……」

ぽよんぽよんさせる前に吸盤が張り付いて、そのまま捕食されそうだよ！

ぽよんぽよんで思い出したがサスペンションに加え、振動を軽減するものと言えばゴムだ。

こっちはカエルの表皮だったたっけ……バルトロたちにカエルを発見したらサンプルをと頼んでいるけど、結果は芳しくない。

地球と同じように木の樹液からゴムを作製できないかなあ。

◇◇◇

そんなこんなで進み始めて一時間近く経過する頃《ころ》、アルルが窓の外を指さす。

「ヨシュア様、あれ。この辺にあったんだ」

窓の外に見えるのは、多肉植物独特の極厚の大きな縦長の葉に、これでもかとたわわに生《な》った、色鮮やかというよりどぎついピンクがかった赤色の果実。

形だけならクリスマスツリーに見えなくもない。

「お、ドラゴンフルーツか」

確か辺境に来た頃、誰かがとって来てくれたんだったっけ。

ドラゴンフルーツで間違いないと思うのだけど、念のために見てみるか。

馬車をとめてもらって色鮮やかな赤色をした果実に対し植物鑑定を使ってみる。

うん、予想通りだ。

一方、真っ先に馬車を降りたアルルが別のものに興味を惹《ひ》かれたようだった。

「こっち、面白い形してる！」

「確かに、これはウチワサボテンだって。お、オイルが取れるみたいだぞ」

アルルが指先でちょんちょんしていたのはウチワサボテンで、名前の通り、うちわが幾重にも並んだようなサボテンだ。

ペンキで塗ったような緑色をしていて、ドラゴンフルーツと並び原色系植物である。

「みんな、せっかくだからここでおやつにでもしようか」

まだ少し早いけど、せっかくだしここで休憩を挟むことにした。


この辺りは荒地にポツポツとサボテンが群生している。

ドラゴンフルーツやウチワサボテン以外にもいろんなサボテンが見付かるから、ついつい夢中になってサボテン探しをしてしまった。

時間が限られていることは分かっているのだけど、一度興味が出るとついついのめり込んでしまうのが俺である。

多方面に食指が動いちゃうから、首が回らなくなってしまった経験があるというのに懲りないものだ。

なんて風に他人事《ひとごと》にして次回に活《い》かさないから、過労の道を邁進《まいしん》してしまうのだぞ、俺。

ブツブツ心の内を呟《つぶや》きながらも目線はサボテンを探し続けている。

うわあ。鮮やかな紫色のサボテンとかもあるんだ。こいつは毒々しい。

このサボテンは五つの葉が引っ付いていて星型になっていて、中央に白い線が入っていた。

どれどれ。

こんな時は植物鑑定だ。すっかり忘れられているかもしれないけど、魔法も体力もない俺が使うことができる唯《ただ》一つの能力なんだぞ。

すごいんだぞお。

……。何だか虚《むな》しくなってきたよ。

セコイアをはじめ、周囲の人たちが凄《すご》すぎるからな。どうしても自分の能力が地味に思えてくる。

だけど、開拓初期にあって自生している植物の中から使えるものを育てようとした場合に、絶大な能力であることは確かなのだ。

は、ははは。

いいからさっさと鑑定しろって？

『名前：温帯性アストロフィツム（紫変種）
概要：痩《や》せた土地に育つ。乾燥に強い。稀《まれ》に魔力を含む個体がある。
育て方：湿気に注意。水やりにも注意が必要。
詳細：葉はアルカロイド系の毒を含むため、食用にならない。魔力を帯びた樹液は粘性を持ち煮沸すると結晶化する』

「ふうむ。何やら面白そうなサボテンだな。セコイア」

「なんじゃや？　また変なものに興味を持つのじゃのお」

指先で毒々しいまでに鮮やかな紫色を突っつこうとして、尻尾《しっぽ》をピンと立てるセコイアだったが、結局サボテンに触れぬまま指先を引っ込めた。

「食べない限りは大丈夫みたいだぞ」

「特に不穏な魔力も感じられぬし、危険はなさそうじゃな」

「稀に魔力を帯びた個体もあるんだってさ」

「ふむ。持って帰ってみるかの。バッテリーじゃったか？　に入れてみるか？」

「試してみよう。もう一つ試したいこともあるんだ。こんだけ色味が強烈なら染料にならないかなってね」

「ふむふむ」

セコイアも引いてしまうような星型のサボテンだったけど、案外有用性が高いかもしれない。

栽培しなくても、この辺りなら大量に自生しているから素材には困らなそうだ。

減ってきたら減ってきたで、ここで栽培すれば土壌と気候に問題はないはず。

自然にいっぱい生えてくるくらいだし、環境はバッチリだ。

なかなかの収穫にうんうんと満足気に頷《うなず》いていたら、ドラゴンフルーツを抱えたアルルがとことこやってきて、にこーっと俺に向け掲げてみせる。

「ヨシュア様。とったよ」

「おお。余った分は持って帰ろうか。さっそく食べてみよう」

パカンと真っ二つに割ると外の鮮やかなピンク色と違い果肉は白に黒のゴマみたいなのが混じったものだった。

この色合いは何だかトロピカルフルーツって俺の勝手なイメージがあるなあ。

切り分けて、御者台で馬を見てくれているバルトロにもおすそ分けして実食タイムとなった。

「うーん。以前食べた時に同じ感想を述べたかもしれないけど、ドラゴンフルーツは思ったより甘くないな。これなら野菜として使ってもいいかも」

耳をピコピコさせつつぶつぶを頬《ほ》っぺたにつけたアルルがこちらに顔を向ける。

「お塩を振ってもいいかも？」

「確かに。もっと熟せば甘くなるのかもしれないけど。今日のところは目的地もあるし、これ以上探すのはやめておこうか」

『酒のつまみにいいかもしれないね』

もっちゃもっちゃと食い散らかしたペンギンがふとそんな感想を漏らす。

『お、ペンギンさん、お酒を飲むの？』

『いや、この姿になってからは嗜《たしな》んでいないさ。いや、一度飲んだかもしれない。人だったころは稀に晩酌をしたものの、晩年はめっきりだったね』

『そうだったんだ。俺もたまにしか飲まないから、あ、ドワーフたちが喜ぶかもしれないな』

『確かに。彼らは日夜身を粉にして働いているし、慰労の意味も込めて君が持っていくと喜んでくれると思う』

持っていくのは構わないけど、そのまま酒宴に巻き込まれる予感がビンビンする。

翌日お休みならいいんだが、今の状況でそれはない。

朝に持っていくとか時間帯を考えなきゃだな。夕方以降にお届けは厳禁である。

◇◇◇

おやつの後は寄り道せず順調に馬車が進む。

そろそろルドン高原に入ったと思うのだけど……チラッとアルルを見たら満面の笑みを返してきた。

いや、そうじゃなくってだな。

ルドン高原は記憶にある通り、高原と呼称がついているだけで実際はなだらかな丘だった。

荒地も荒地で草木が非常に少なく、高い木に至っては一本も見当たらない。

低木も枝が捻《ね》じれていたり、ゴツゴツした薄茶色の地面と相まっておどろおどろしい雰囲気を醸し出している。

突然地面からゾンビが這《は》い出してきても不思議じゃあない、そんな土地だった。用が無ければ近寄りたくないよな、ここ。

カアカアカア――。

クエエエエ――。

カラスのようなそうでないような真っ黒い鳥がけたたましい声をあげて飛んで行った。

「え」

思わず声をあげる。

いやーな鳴き声だったから何となしに窓の外を飛ぶカラスらしき鳥を眺めていたんだよ。そうしたら、カラスもどきが螺旋《らせん》を描いてはるか上空へ飛んで行っちゃったんだ。飛ぶというよりは飛ばされていったように見えた。

「バルトロ、とめてくれ」

「あいよ。ヨシュア様、ルドン高原はちいと変わった感じだな。そこに目をつけたのか？」

バルトロが手綱《たづな》を引きながら尋ねてきた。

「変わった感じ？」

「おう。うまく説明できねえんだが、空の動きが違う」

バルトロが前を向いたままボリボリと頭をかく。

そうしている間にも、ガラガラガラと音を立てて馬車が停車した。

馬車を降り、空を見上げる。

雲一つない青空が広がっており、見る限り変わったところはない。

『雨が降るかもしれないね』

最後に馬車から降りてきたペンギンが、右のフリッパーを上にあげ思ってもみないことを呟いたのだ。

独り言のつもりだったのだろうけど、疑問を抱いた俺はすぐに彼に問いかける。

『カンカン照りじゃない？』

『いや、そうでもない。嘴《くちばし》が雨を感じとっているからね』

嘴をパカンと開けて閉じ、片目もついでに閉じたペンギンはそう言い切った。

ペンギンに雨を感知する能力があるとか、ほんとかいな。

疑いの目を向けやれやれと大げさに肩を竦《すく》めたところで、頬に水滴が当たった気がした。

ポツポツ――。

雨だ。

降り始めた雨はすぐに勢いを増してくる。

さっきまで青空晴天だったのに、空がどんよりした雲で覆われているじゃあないか。

俺が空を見てから、数分も経過していないはず。

何という不可思議な……。

「ほれ、一旦《いったん》馬車に入るぞ」

「うん」

セコイアに手を引かれ、馬車に乗り込む俺たちであった。

馬車の屋根を叩《たた》く雨の音は激しさを増している。

ザーザーと降り続く雨の中、馬車で佇《たたず》む俺たちはこれからどうしたものかと頭を捻《ひね》っていた。

気流の動きが明らかにおかしいことは確実だ。だけど、びゅんびゅん風が吹いているわけでもないのだよな。

ルドン高原に来たはいいけど外れだったか。

いやまだ諦《あきら》めるのは早い。せっかくここまで来たのだから、もう少し粘れないものか。

「うーん、次回になっちゃうけど、観測気球を飛ばしてみるのはどうだ？」

「気球？　聞いたことねえが、どんなマジックアイテムなんだ？」

思いつきの発言にバルトロが反応する。

彼は雨にうたれて「ひひん」と気持ちよさそうにいななく馬から目を離さぬまま、逆に俺へ質問してきた。

「こう、風船の中に軽い空気を入れて空へ飛ばすのだけど」

「風船というのがよく分からねえが、なんだか面白そうだぜ。観測気球？　にぶら下がれば俺たちも空に行けるのか？」

「人を乗せるなら大きな気球を作らなきゃかなあ。飛ばすだけならさほど難しくないと思う。素材はバルトロがちょこちょこ持って帰ってきてくれるカエルの表皮がよいかな」

ゴムとしての利用はできないけど、乾燥しても破れず弾力を保ったままの表皮もあるんだ。セコイア曰《いわ》く微量の魔力が瑞々《みずみず》しさを保っている理由とのこと。

『ふむ。上空数十メートルの範囲に暴風があれば、だね。不可思議な気流のようだし、風が期待外れだとしても興味深い』

ペンギンも観測気球の案に賛成の様子。

セコイアとアルルは空を飛べるとはしゃいでいる。

気球の素材はよいとして、中に入れる気体をどうするかだなあ。

んー、パッと浮かぶ手頃なのは水素だな。

人が乗らない観測気球だったら、使う気体は水素で問題ないよな？

水素は抽出しやすいし、一番軽いしで言うことないぜ。

人が乗ることのできる気球になると、話は別だ。水素はよく燃えるからね。

もう記憶が薄く曖昧《あいまい》だけど、確か理科の教科書に「水素はぽっと音をたてて勢いよく燃える」とか書いてた気がする。

水素と酸素が合わさるとどーんと燃えるのだ。

怖い怖い。

ん？

んん？

いつもは何かと「猫娘」なんて言って拗《す》ねているセコイアだが、珍しく仲良さそうに一緒にはしゃいでいる。

喜ばしいことだが、俺は何か見落としている気がするんだよな。

もう少しで何か思い出せそうで、彼女の顔をじーっと見つめていたら、案の定、磁石のようにじりじりとこちらに吸い寄せられるようににじりよってきた。

「この際文句は言わんぞ。猫娘と一緒だろうが、キミと二人きりじゃなくても我慢するのじゃ」

「帝国には騎乗用の飛竜がいたりするだろ。空を飛ぶってことは無い話ではないのだよな？」

考えを巡らせつつセコイアに問うと、彼女は迷うことなく頷きを返す。

「うむ。じゃが、カガクで飛ぶということにワクワクするじゃろ」

「あ！　ようやく喉《のど》に詰まった小骨が取れたぞ。魔法で飛んだりできるんだっけ」

「ボクくらいの大魔法使いならば、造作のないことじゃ」

「そうか、うんうん」

彼女の両肩に手を乗せ、最高の笑顔を浮かべうんうんと頷く。

「な、何じゃ突然、いくらボクが可愛《かわい》いからといって突然迫ってくるなど……大歓迎じゃ」

「……すごーい、すごーい。大魔法使いすごーい」

やべえ。鬼のような棒読みになってしまったぞ。

それでも、セコイアの顔が緩み、俺の胸に飛び込んできそうな勢いになっていた。

対する俺は素早く彼女の頭に手を乗せ、押し止《とど》める。

「さっきから何じゃいったい。乙女の心をもてあそびおってからに」

「セコイア。頼む」

「さすがのボクもこう人前ではちと勘弁なのじゃが」

「大丈夫だ。一人きりになるミッションだから。ほら」

勢いよく上を指さす。

ようやく俺の意図に気が付いたセコイアは顔を引きつらせる。

「ボクに今すぐ空の調査をしてこいと？」

「その通りだ。褒美は何でも……いやできることしかできないけど、できる限り叶《かな》えるようにするからさ」

「絶対じゃぞ。そうじゃの。カガクの力でボクを空に連れていってくれるのなら」

「分かった！」

さあ、気が変わらないうちに行こう行こう。

後ろからセコイアの肩を押し、目でアルルに馬車の扉を開けるように指示を出す。

「空もセコイアが来ることを歓迎しているようだな。ははは」

「全く、調子がよいのじゃから」

扉を開けるや否や、さっきまであれほど激しかった雨がパタリとやんだのだ。

突然雨があがったからか、空には虹《にじ》がかかり殺風景な大地も相まって際立つ。

この虹を見るだけでもくる価値があると思わせるほど、大地と虹のコントラストは素晴らしいものだった。

「バルトロ、もしあればなんだけど」

ごにょごにょとバルトロに伝えたら、彼はすぐさま馬車の中から目的のブツを持ってきてくれた。

彼が持つモノは、細いロープだ。ロープの揺れを見ることで、風の動きがよく分かるって寸法なのだよ。

こいつをセコイアの小さな手に握らせて、準備完了となる。

「これを持って飛ぶのじゃな」

「うん、落としそうなら腰に巻き付けてもいいぞ」

「せいぜい三メートルほどじゃし、問題なかろう」

「焚《た》きつけておいてなんだけど、ここの上空は乱気流が発生していると思う。まずそうならすぐ戻ってくれ」

「キミが舗装された道を歩くより余程安全じゃよ」

その例え、どう判断したらいいんだよ……。

俺は障害物も何もない平坦《へいたん》な道を歩くことさえ危ないと言われているのか、その逆なのか。

「まあしばし、待っておれ」

そう言ったセコイアの足元に光で描かれた魔法陣が浮かび上がる。

すると魔法陣から風が吹き上げ彼女のスカートをまくりあげた。

いや、だから、少しは押さえたらどうなんだ。

「また、黒」

「アルル。そこはそっとしてやってくれ」

アルル。指さしちゃあ、いけませんよ。

一方でセコイアはふわりとその場で浮き上がったかと思うと、グングンスピードをあげ、あっという間に上空十メートルほどまで到達する。

彼女から垂れたロープの動きは――。

こいつは思った以上に風が吹いているな。グルグルしているのが気になるけど……。

「もう少し高くいけそうか？」

空に向けて叫ぶとセコイアは更に上昇してくれた。

『どう？　ペンギンさん？』

じーっとロープの動きを見つめていたペンギンに問いかける。

するとと目線を離さぬまま、彼が両フリッパーを上にあげ応じた。

『これならいけそうじゃないかね？』

『おう。最適な距離は高さ十から十五かな。二十だと風車の強度の方が心配だ』

『そうだね。十二メートルくらいを中心点とするとよいかもしれないね。ロープの動きを見た限りだが』

うんうん。

「セコイア、ありがとう！　もう戻ってくれても大丈夫だ！」

叫ぶとすぐに彼女は降りてきた。

◇◇◇

セコイア観測機を飛ばしてから、十日の時が経過しようとしている。

本日は朝の会議を中止して、鍛冶《かじ》場の前に集合となった。

というのは、ついにルビコン川に架かる水道橋が完成したからなんだ！

工事車両なんて存在しない中、思ったより短期間で工事が終わったけど、職人たちの名誉にかけて手なんて抜いていないことは保証する。

逆に腕によりをかけて完璧《かんぺき》な仕上がりになったと自負しているんだ。建造したのは俺じゃあないけどね。

鉄筋コンクリートの中空になった橋桁《はしげた》を繋《つな》げアーチ状にし、その上に通路を通してある。通路より高くまで橋桁が伸び、ここまで水を引っ張ることができる作りとした。今後増築することがあれば、使うことができるからな。

デザイン的にもこちらの方が勇壮でカッコよいと思う。

道も橋桁もコンクリート打ちっぱなしではなく、赤色のレンガで化粧されていて華やかになっている。

水路がまだできていないから、サイフォンを稼働させてはいないけどもう渡し船は必要なくなった。

「壮観だな！」

「素晴らしい出来栄えに不覚にも、このルンベルク涙が止まりません」

絹のハンカチを目に当てるルンベルクと横に並び、出来上がった水道橋を満足気に眺める。

アルルとエリーは橋の上からこちらに手を振っていた。

バルトロは向こう岸まで渡って採掘を行う人たちと渡し船の件で調整をしてくれているので、現在ここにはいない。

ペンギンとセコイアもまた別作業があるため、鍛冶場の中に籠《こも》っていた。

そして、肝心の総指揮を取ってくれた職人の二人……トーレはセコイアたちと一緒に鍛冶場の中で、ガラムはポールと共に水路の工事を頑張ってくれている。

ガラムとしては、一刻も早く水を流したいのだそうだ。気持ちは分からないでもないけど、これだけ見事に完成したのだから本人たちがいないとなると少し寂しい。

「ルンベルク、俺たちもエリーたちのところに行こうか」

「承知いたしました。どこまでもお供させていただきます」

相変わらず大仰なセリフを返すルンベルクに思わずくすりときてしまった。

お堅いところがあるけど、彼は何事も真剣に取り組んでくれる。

公国時代は執事をやってもらっているだけだったけど、辺境に来てからは領民との調整をはじめ自警団の組織編制から、その他様々な組織の橋渡しなど多岐に亘《わた》り活躍してくれていた。

引き締まった体をしているし、本人は嗜《たしな》む程度ですと言っていた武芸も結構すごいんじゃあないかと思っているんだ。

何でもできる人ってのはルンベルクみたいな人のことを言うんだよな。うん。

ん？

一人忘れていないかって？

牛乳少女は牛の世話があるから、ここにはいない。この後のイベントには参加すると言っていたけどね。

「ヨシュア様！」

橋の入口まで来ると、アルルとエリーがぱたぱたとこちらにやって来る。

高い位置にあるからか、橋の上は少し風が強いな。

二人のスカートがヒラヒラしているじゃあないか。裾《すそ》の長いエリーは問題ないけど、アルルはちょっと見えそうで見えない感じでハラハラしてしまう。

彼女はスカートのまま窓から逆さまにぶら下がったりしていて、まるで気にした様子がないけど、もう少し淑女らしさを身に付けさせねばな。

じゃないと、お父さん心配だわ。

あ、エリーが目線に気が付いてしまったようだ。不埒《ふらち》な気持ちにはなっていないのだけど、変な勘違いをされているかもしれない。

いや、変に言い訳すると逆に不信感を与えてしまうな。

「ルンベルク。ふと思ったんだけど」

「ハッ！」

半歩後ろで控えるルンベルクに思いついたことを聞いてみることにした。

俺よりは詳しいだろうから。

彼に分からなければ、バルトロかガルーガに確認するか。

「橋によって向こう岸と陸続きになったわけじゃないか。そうしたら、川を渡れない生き物がこっちに渡って来るかもしれないよね」

「懸念、ごもっともです。ですが、危険視するほどの魔物ならば、緩やかなルビコン川を渡河できるかと」

「どっちにしろ一緒のことか」

「いえ。水道橋は頑強で、上部に立てば遠くまで見渡せます。更に、遮蔽《しゃへい》物がないため弓を射るにも適していると愚考いたします」

「そっか、防衛拠点としても使えるのか。せっかくだから、橋の入口のところに物見用の塔を増築すればよいかな」

「ご慧眼《けいがん》かと」

ルンベルクは腕を胸の前で水平にして会釈する。

ちょうどその頃《ころ》、アルルとエリーが俺の目の前まで到達した。

にこーっと笑顔を浮かべたアルルが口を開いたところで、エリーが止めに入る。

「ちょっと、アルル。本当に聞くの？」

「え、何でー？　アルル気になるの」

「そのような些事《さじ》をヨシュア様になど」

「疑問に思ったことは何でも聞いて欲しい。俺に分からないことも多いけど。何が気付きになるか分からないだろ？」

アルルに助け船を出すと、彼女はこくこくと頷《うなず》き今度こそ俺に聞きたいことを口にした。

「あの、ヨシュア様。橋の上にカタツムリさん、来るかな？」

「……来るかも……入口に柵《さく》でも作るか……いや、でもなあ……」

夜中に雨が降って朝日が差し込む頃、橋の上にカタツムリがびっしりと埋まってたりしたら、おぞましい。おぞましすぎる。

想像すると肌にブツブツが。

「ほら、ヨシュア様が困ってるじゃないの、アルル」

「ごめんなさい。ヨシュア様」

「いや、カタツムリはともかくとして、泳ぐことができる動物……例えばイノシシなんかでも橋の上を突進するかもしれないと思ってさ」

鉱石を運んでいる時にイノシシが――ここの領民なら嬉々《きき》として本日の夕食にしそうだな……。

柵を検討しようか迷ったけど、すぐに対応する必要はないか。

カタツムリが大量発生したら、ペンギンを派遣すればよい。人間の食事を食べるようになってから、カタツムリを食べることもなくなったけど。

いっぱい並んでいたら食べてくれるかもしれない。

お、噂《うわさ》をすればペンギンが鍛冶場から出てきて、川にどぼーんと潜った。

何故《なぜ》突然川に飛び込んだんだろう？

と思ったら水面から顔だけを出して、嘴《くちばし》をパカンと開く。

『ヨシュアくん。準備完了だ』

『わ、分かった』

何で水の中にとか聞くべきか迷ったけど、「ペンギンだからだよ」とか答えるのだろうなと勝手に想像し口をつぐむことにしたんだ。

「よっし、じゃあ、俺たちも鍛冶場に行って手伝おうか」

「はい！」

代表してエリーが返事をし、他の二人は頭を下げることで応じるのだった。

イベント尽くしの一日になりそうだ。


バルトロから提供されたカエルの表皮を繋ぎ合わせ、漏れがないか水を流してみて確認。

トーレの仕事には穴が無く、完璧だったことをここに記しておこう。

燃焼石を使ったバーナーと、人が乗ることができる籠《かご》にカエルの表皮で作った風船を取り付ける。

ペンギンに気球のことを相談したところ、水素を投入するガス気球より熱気球の方がよいだろうということになった。

というのは、魔道具の存在があったからだ。

地球で言うバーナーのような魔道具があり、細かい炎の調整もできることから熱気球を選択したってわけだ。

飛行船と違い、上昇と下降以外は全《すべ》て風任せになってしまうけど、そこはこの世界独特の解決策がある。

そう、魔法だ。

魔法を使うことで指向性のある風を呼ぶことができる。この辺りは専門家のセコイアに任すことになった。

もう一つ、気球に取りつけた籠――ゴンドラは四人まで乗ることができるのだけど、安全のためにセコイアか空気を操る魔法を使うことができる人を乗せることとした。

該当人物はセコイア以外にシャルロッテがいる。

牛乳少女が魔法を使いこなすなんて意外だったけど、案外魔法を使うことができる人は身近にいるもんだな。

そういや、トーレたちも使うんだった。

「よおっし、誰《だれ》から乗る？　俺はシャルロッテを待つから、二度目でいいよ」

最初なので炎の調整にペンギン、安全のためにセコイアの二人は確定。

残り二人は誰にしようかな。


残り二人はちょうど戻ってきたバルトロをまず指名した。

膨らむ気球に対し、少年のような顔になった彼を見たら最初の飛行に相応《ふさわ》しいのは彼だと思ったんだ。

カエルの表皮を選定するまで、彼には何種類ものカエルを捕獲してきてもらったし、選定が終わってからも急ピッチでカエルを集めてくれた。

「そんなに急がなくてもよい」と彼に伝えたところ、「空を飛ぶことができる乗り物が楽しみでついつい」なんて気恥ずかしそうに頭をかいたりしていたんだよね。

男の子っていくつになっても少年のようだと言うけれど、バルトロが日本に生まれていたらきっと車好きになったに違いない。

彼は馬車や馬を扱うことも好きだし、大工仕事も案外器用にこなす。

「趣味だ、趣味だ」と彼は言うけど、手先の器用さは庭師だからなんだろうな。

もう一人はアルルとエリーが遠慮していることを察し、ルンベルクを選んだ。

普段飄々《ひょうひょう》としているバルトロまで自分が最初に選ばれたことに対しバツが悪そうにしていた。

だけど、ルンベルクを指名したら彼は少年のような顔を浮かべてゴンドラに乗り込んだんだもの。

彼らとしては、やはりというか何というかルンベルクを第一に思っていたってことか。

ハウスキーパーたちの代表として、彼らを引っ張ってきたのはルンベルクに他ならない。

ならばこそ、第一の栄誉は自分たちが先んじるわけにはいかないってところかな。

これは地位とかそういうのが理由じゃあなく、一番の栄誉たる初飛行に対しルンベルクにこそ乗ってもらいたいという彼への感謝の気持ちの表れなんじゃないかと思う。

それぞれがそれぞれを思いやるって素晴らしいことだよな。俺も人への気遣いが抜けることがあっても、感謝の気持ちだけは忘れないようにしたい。

『セコイアくん、魔法の準備はよいかね？』

「ボクに準備は必要ない。魔力は十全、いつでもよいぞ」

『承知した。では、黙々と作業を続けるとしよう』

ペンギンとセコイアが真剣に言葉を交わしているけど、絵的には子供が遊んでいるようにしか見えない。

この場にいる誰もが彼女らのことを知っているから、微笑《ほほえ》ましい気持ちで見つめているのは俺だけだろうけどね。ははは。

その証拠にゴンドラへ乗ったバルトロとルンベルクは真剣な眼差《まなざ》しでペンギンの指示を受けたセコイアの作業を見守っているし。

本来であればペンギンが直接作業を、なところなんだけど、生憎《あいにく》フリッパーでは細かい調整ができなかったんだ。

ペンギンの手先を何とかできないものなのかなあ。ほらこう、魔法で動くゴーレムみたいなのをペンギンが遠隔操作することで精密な作業をこなすとか。

魔法の右手と左手……みたいなグローブをはめると人間の指先のように動かせるとか。

開発できるものなら、開発してみたい。

内政が完了して、俺が惰眠を貪《むさぼ》ってからになるとは思うけど……暇つぶしに開発とかは楽しそうだ。

全体のために開発を行うのが政治であるけど、個人のためだけに開発をするのは趣味だからな。時間制限もないし、完成しなくてもいい。

そんなぬるい生活を送る存在に私は成りたい。

「浮き上がったぞ！」

「ほう……これは……」

バルトロとルンベルクから歓声があがる。

見たところまだゴンドラは浮き上がっていないように見えた。

のだけど、ふわりと地面からゴンドラが離れたかと思うとみるみるうちに気球が上昇していく。

「おおお。よかった！　ちゃんと浮き上がったよ！」

「このようなことが。これがカガクの力というものなのですね」

ホッとする俺に対し、頬《ほお》を紅潮させ胸の前でギュッと拳《こぶし》を握りしめるエリー。

アルルも飛び上がって喜んでいるみたいだった。

いやあ、ほんとペンギン様様だねえ。彼がいてくれなきゃ気球を浮き上がらせるのに数倍の時間を費やしたと思う。

俺には計算で理論値なんてものを出すことができないから、試行錯誤の連続という力業でいくしかないから。

ペンギンは「あくまで理論は理論」と言うけど、理論値ってのがあると格段に成功率があがる。

上空百五十メートルほどを遊覧した気球は下降し始め、元の位置から二十メートルほどズレるだけで着陸した。

通常、気球は風まかせで移動の調整が難しいのだけど、異世界の気球は物が違う。

人力ではあるけど、風魔法の力で「調整が利く」んだ。

調整力は結果を見る限り、なかなかのものであると判断できる。

ゴンドラから降りてくるセコイアらに向け両手を叩《たた》く。

アルルとエリーも俺と同じように拍手で彼らを迎え入れた。

先にルンベルクとセコイアが降り、バルトロはペンギンを抱えたままジャンプしてゴンドラを飛び越え地面に着地する。

ペンギンは結構な重量があるんだけど、抱えたままあれほど高く跳躍できるとは……バルトロの鍛え方って半端ねえな。

最近野山で狩りをしてくれているから、ますます体力がついてきたのかもしれない。

俺？　俺はまあ、うん。そうだ。ぼちぼちだよ。ペンギンを抱えあげるだけで精一杯だよ。言わせるな恥ずかしい。

お、ちょうどいいところに馬に乗ったシャルロッテが到着した。

「閣下。お待たせし、申し訳ありません」

「いやいや」

下馬したシャルロッテは兵士のようにビシッと額に手をあて敬礼をする。

役者も揃《そろ》ったことだし、今度は俺の番だな。

ペンギンの指示の下、魔道具のバーナーで空気を温め、出発の準備を整える。

シャルロッテ、エリー、アルルがゴンドラに乗り、その後に俺が続く。

よっし、ここからは俺の腕の見せどころだ。

ペンギンに指導を受けながら、バーナーの使い方を練習したからな。今こそ、練習の成果を発揮する時だぜ。

万が一、気球が燃えて落下の事態になったとしてもシャルロッテの風魔法があれば、優しく地面に向け下降することができる。

安全対策は取っているので、一応安心……だと思う。

注意点は、火災発生の際に火に巻かれないこと。それだけだ。

ふわり。

ゴンドラが浮かび上がる確かな浮遊感を覚える。

「浮かんだ！　すごーい」

「ほおおお。空へ向かっているであります！　閣下！」

「ヨシュア様。順調です」

彼女らは、三者三様の反応を見せる。

ペンギンたちが操作した一度目と同じように、想定した燃焼の勢いが出たところで一旦《いったん》操作を止めた。

いつでも操作ができるように、ボンベに手を当てたままゴンドラの外へ目を向ける。

さっきから三人のはしゃぐ声が聞こえていて、はやる気持ちを抑えるのに必死だったのだ。

「うおおお。こいつはすげえ！」

これは、大歓声をあげたくなる気持ちも分かる。

街が一望できるだけじゃあなく、その周辺地域までも目に映ってきたんだ！

空から見る景色《けしき》は、別世界だよ！

感激のあまり口が開きっぱなしになってしまった。

「屋敷はどこだろう」

「あちらです」

エリーが指し示す方向へ目を凝らすと、マッチ箱のような家屋らしきものが確認できたのだけど
……俺の住んでいる屋敷だとまで確信が持てない。

彼女にはしっかりと見えているようだが、俺の視力じゃあ難しいな。

ううむと首を捻《ひね》っていたら、ちょんちょんと誰かに肘《ひじ》の辺りを突っつかれた。

「ヨシュア様」

「んん」

ちょんちょんしたのはアルルで、彼女もエリーと同じようにとある方向を指で示している。

分からん。何があるんだろう。

「広場？」

「うん！　ヨシュア様の像まで、見えるよ！」

「は、ははは」

乾いた笑い声をあげる俺に今度はシャルロッテが声をかけてきた。

「ルドン高原までとなると、少し難しい距離なのですね。もう少し高く飛べば見えると思います！」

「おお。高さはもっとあげて飛ぶこともできるよ。初飛行だったから、この高さになるように調整

したんだ」
俺は彼女たちほど視力がよくないから、双眼鏡が欲しい。
そういや、ペンギンはどうなんだろう？
双眼鏡を覗《のぞ》き込むペンギンはとてもシュールだな……。

閑話二　ヨシュア追放後のルーデル公国　二十四日目

ルーデル公国公都ローゼンハイム――。

報告は迅速だった。

ヨシュアの構築した報告網は、彼が不在となった後でも完全に機能している。

彼の構築した報告網はとても単純な仕組みだったが、それ故、彼が不在となってからも以前と同じように動いていた。

街で事件が起きると、巡回している衛兵に街の者から報告が入り、衛兵は詰め所にそれを報告する。

各部の詰め所に入った情報は、その日のうちに中央へ伝達され大臣の元へ共有されることになっていた。

その逆も然《しか》りである。

聖女の神託「はやり病」が大臣に伝えられ、その日のうちに各詰め所へ情報共有が成された。

翌日より、衛兵は「はやり病」に注視しつつ、巡回を行う。

大臣も衛兵も市井の者に「はやり病」のことを漏らさぬようにしていたが、誰《だれ》しも内心戦々恐々としていた。

というのは、「はやり病」の情報元は神託である。

聖女の神託で告げられたとなると、街を覆い尽くすほどの深刻な事態になる可能性があったからだ。

確実に「はやり病」に罹患《りかん》する者は出てくる。

だが、「はやり病」といっても軽い風邪のようなものから、幾人も命を落とす猛威を振るうものまで様々なのだ。

神託は告げない。

「はやり病」とは一体どんな病なのかということを。

神託とは、いつも曖昧《あいまい》なもので手が届きそうで届かない、そんな歯がゆさを伴う。

それでも、神託で述べられた言葉は必ず近い将来に事実となる。

病の報告はそこかしこからあがっていた。

どれが「はやり病」なのか見極めが肝要だ。

衛兵を統括する騎士団長と経済を担当する大臣グラヌール、農業を担当する大臣バルデス、そしてヨシュア肝入りで新設された衛生局を担当する大臣オジュロ伯の四人は、「はやり病」の神託以来、連日会談の場を設けていた。

重々しい空気漂う中、騎士団長が口火を切る。

「病について報告いたします。とある学徒寮で発生した奇病。その他、軽い痛みを伴う目の充血、軽い風邪、腐り病、食中毒が発生」

「奇病が気になるところであるな。それ以外、報告にあがっている病について、まずはまとめておくとしよう」

くるりと巻いた口髭《くちひげ》を指先でピンと弾《はじ》き書類から目を離さぬまま発言したのは、オジュロ伯だった。

淡々と罹患者数を述べる彼は眉《まゆ》一つ動かさず、「事実」を告げている。

その姿に傍らで彼を見守るグラヌールは内心辟易《へきえき》していた。彼が辟易しているのは、オジュロ伯に対してではない。

毎日のように報告があがってくる罹患者の数に、だ。

『『街でこれだけの人が病に苦しんでいます』という数字を示され、鬱屈《うっくつ》した気持ちになるのは自然なことだ』とはバルデスの言葉である。

そうは言っても気持ちが晴れるものではない、とグラヌールは思う。

彼を慰めたバルデスにしても、衛兵からの情報をまとめている騎士団長にしても、重苦しい雰囲気を伴っている。

しかし、オジュロ伯は違う。

彼は数字を数字としか捉《とら》えていない。

衛生担当大臣は貴族の既得権益が及ばぬ新設ポスト。それでも、ヨシュアが据えたのはこの男――オジュロ伯爵であった。

彼はグラヌールやバルデスのように貴族へと抜擢《ばってき》された者でないばかりか、法服貴族でさえない。

公国南東部に領地を持つ封建領主なのである。

封建領主は保守的な者が多数で、「新しいもの」を毛嫌いする傾向にあった。

それ故、ヨシュアが次から次へと政治改革をしていくと、封建領主は離れていく。一方で法服貴族は離れたくとも、自分の領地がないので新体制に自己を合わせていくしかない。

ヨシュアが「領民の健康を守り、一つでも多くの病を治療できるように専門の大臣を設けたい」と発言した時、グラヌールは感涙しもろ手をあげて主君に賛成した。

しかし、主君が選んだ大臣には悪い意味で度肝を抜かれたものだ。

よりによって封建貴族を選ぶなんて、と。それでも彼は新設された衛生担当大臣という役職に興味を持っていたことから、オジュロ伯について調べることにした。

結果、伯がとんでもない人物だと分かる。

彼はこれまで中央で文官の職についていた者ではなかった。それでも、自分の領地で辣腕《らつわん》を振るった者であれば中央へ召喚されることもある。

気を取り直して、再度調べるグラヌール。

しかし、調べれば調べるほど彼は首を傾けてしまう。

オジュロ伯はこれまでずっと領地にいた。だが彼は領地経営を全《すべ》て部下に任せ、自分は何ら政治に関与していなかったのだ。

自分はまるで領地経営に興味がないと言わんばかりに。事実、伯は有り余る時間と資金を使い書庫を充実させることに執着している有様だった。

そんな人物を敬愛する主君が召喚しただなんて……我が主君は間違いを犯さぬ。きっとオジュロ伯を採用したことにも理由があるはず。

だが、ヨシュアが追放されるまでに、オジュロ伯がこれといった成果をあげることは終《つい》ぞなかったのだ。

「オジュロ伯。失礼ながら、無知な我々にも説明して頂けませんか？」

バルデスがグラヌールの言葉を代弁するかのように伯へ問いかける。

伯は淡々と数字を述べるだけで、一人納得してしまうのだ。単に騎士団長が集めた数字を反芻《はんすう》するだけなら、無駄な時間だとグラヌールは思う。

そうでないのなら、そうでないと説明すべきだ。

それを伯は行わない。

シビレを切らしたバルデスが、ついに口から言葉が出てしまったというのが問いかけの理由だろう。

家格が遥《はる》か上の伯爵であるオジュロに対し、遠慮していたが、悠長なことを言っていては病に倒れるものが多数出てくるかもしれない。

「はやり病」の件は、早急に対策を打てれば、それだけ苦しむ者も少なくなり、救われる命も増えるのだから。

「そうかね。興味があるのかね！　そいつは良いことだ。うんうん。良いことだ」

片眼鏡を光らせ初めて感情らしい感情を吐露するオジュロ伯に、バルデスとグラヌールの両名だけではなく騎士団長まで驚きで固まってしまう。

そんな三人の様子をまるで察しようとしないオジュロ伯は、いつもの淡々とした様子ではなく、抑揚のある声で説明を始めてしまったのだった。

「報告された四つ、『軽い痛みを伴う目の充血』『軽い風邪』『腐り病』『食中毒』のうち、前者は日常的に発生していることであり、『腐り病』と『食中毒』についても報告の必要がないのだよ」

「理由あってのことでしょうか？」

「もちろんだとも。食中毒は外部起因によって引き起こされるものであり、流行性の病ではない。腐った物を口にせず、食材に必ず熱を通すよう指導すればよいだけのこと。つまり、『はやり病』の定義から外れる」

「そうなのですね」

半分くらい理解不能であったが、力強く断言するオジュロ伯に頷《うなず》きを返すバルデスである。

グラヌールとしても対応策が明確であるのなら、神託でわざわざ告げられるものではないと納得した。

そう言えば、街にある飲食店に対し食中毒への対策のおふれが出ていた、とグラヌールは思い出す。

もっとも、この分だと知らせを行ったのは伯の指示ではなく、伯から情報を得た彼の部下が行ったことなのだろうな。

「腐り病。これは、症状から察するに『破傷風』で間違いない」

「破傷風とは……？　聞いたことがありません」

「吾輩《わがはい》もまだまだ研究中なのだがね。ヨシュア様が教えてくださったのだよ。あの方は本当に素晴らしい！　私の知的好奇心、未知への探求心をこれほど刺激してくださるお人はあの方をおいて他にはいない！」

「そ、そうだったのですか」

心情は違えど、オジュロ伯もまたヨシュアに心酔し、大臣となったのか。

グラヌールは内心、ホッと胸を撫《な》でおろす。

オジュロ伯のことをまるで理解できないグラヌールだったが、理由は違えどヨシュアを敬愛する点においてのみであっても共通事項があったのだから。

「おっと。吾輩としたことが……。諸君らはそもそも病が二種類に大別されることを存じているかね？」

片眼鏡をクイッと上に引っ張って不気味に目を光らせたオジュロ伯は唐突に話題を変える。

興奮したからか、言葉遣いがおかしくなっており、より不気味さを醸し出すオジュロであった……。

そんな彼に困惑し、何ら返答ができていない三人のことなどどこ吹く風な彼は勝手に納得し説明を続けた。

「病とは、魔力が関わるものとそれ以外なのだよ。これはヨシュア様の案でね。どれほど衝撃を受けたことか！　私はこれまで病魔について長年研究をしていたのだが、まさか、まさかだよ！　分かるかね、まさに青天《せいてん》の霹靂《へきれき》とはこのことだ！　そもそも基礎の基礎から私が誤っていたのだよ！

興奮した。感激したさ！」

「そ、それが意味することとは何ですかな？」

投げやりな感じでバルデスが相槌《あいづち》を打つと、オジュロ伯のボルテージが更に高まってしまう。

「腐り病はB群病……つまり魔力が関わらない病の一群なのだ。病が進行すると最悪手足が腐ってしまうことから、腐り病と呼称されている。こいつは、小さな目に見えない悪魔が僅《わず》かな傷口から入り込み悪影響を及ぼすのだ！」

「ち、治療法はあるのですか？」

「あるとも。ここが興味深いところだよ、諸君！　小さな悪魔には小さな天使で抗することで、互いに潰《つぶ》し合い消滅させることができるのだ。小さな天使はある種のキノコとカビ類から抽出した物質にヒールの魔法を込める。魔法が影響しないB群の病魔が魔法を追加することで治療できてしまうのだ！　素晴らしい！　素晴らしいと思わんかね？」

「く、腐り病を治療できるようになっていたとは驚きです」

勢いに押されながらも騎士団長が何とか口を挟む。

すると、オジュロ伯はくわっと目を見開き、騎士団長と顔が引っ付きそうになるくらいにじりより唾《つば》を飛ばす。

「騎士団長！　罹患者数の報告をしているが、死者の報告は受けていなかろう。罹患者の報告後は、衛生局が受け持つのだから。さて、腐り病の患者はどうなっていると思うかね？」

「全員治療済みでしょうか？」

「うむ！　そもそも医療を受けるには金が必要だ。そこをヨシュア様がうまくやって下さったのだよ。金の取れぬ者のために……ええと、まあいい。とにかくそういうことだ」

我が主君は衛生局に税収の一部を回していたのか。

グラヌールはすぐに察し、適当に相槌を打つのだった。

一方でバルデスは目に涙を浮かべ、ペチンと自分の禿《は》げあがった頭を叩《たた》き低い声をあげる。

「私はあまりに無知でした。自分の担当部門への責務だけに必死で。衛生局の目覚ましい活躍に目を向けておりませんでした！　大いなる発展の裏に、ヨシュア様の慈愛と領民の健康を支える官吏たちがいたとは」

「私もです。バルデス卿《きょう》」

バルデスの嘆きにグラヌールも完全に同意した。

直接領民の声を聞くことの多い騎士団長は衛生局の活躍を知ってはいたようだが、実態までは知らなかった様子だ。

彼も彼で治安維持活動に尽力している。そんな中、領民の声まで集めているのだ。

彼もまた激務であることは間違いない。故に自分が担当する箇所以外に疎《うと》くても仕方がないと言える。

グラヌールはふとヨシュアの言っていたことを思い出す。

「それぞれ特化し、専門家に任せるべきだとヨシュア様がおっしゃっていた。詳しい者、詳しくなりたい者を担当につけることで、より仕事効率が良くなると」

「分業制でしたかな。名や地位で大臣を決めるのではなく、専門性で選ぶ。当たり前と言えば当たり前のことかもしれませんが、ヨシュア様だからこそ断行できたと言えましょう」

「おっと、バルデス卿。私がきっかけを作っておいて申し訳ありませんが、その辺りの談義は私と二人の時に……」

「そうですな。ついつい」

話を打ち切った二人は、苦笑し合い揃《そろ》って水を口に含む。

彼らの様子を見た騎士団長が再びオジュロ伯に話を促した。

「して、はやり病について、伯の見解をお聞かせいただけますか？」

「『はやり』病と神託で出たことから、腐り病は除外じゃあないかと思うのだ。破傷風は『はやり』ではない。外傷だ。軽い風邪と目の充血は真の症状への布石である可能性もある。しかし、やはり奇病が気になるところなのだよ。奇病の症例が出たのは？」

「とある学徒寮で発症したと聞いております」

「ふむ。局員を向かわせている。明日にはどのような症状が出ているか分かるだろう。これが伝染するとなれば『はやり病』の候補として最有力じゃあないかね？」

「問いかけられても困ります。病魔のことは伯にしか分からぬこと。衛兵が対応策を取る必要があれば、即応させていただきます」

「ふむ。奇病の報告が入ればすぐに共有して欲しい。場所、発症した者の行動範囲が分かれば尚《なお》良し」

「承知しました」

これにて討論の時間は終了となり、彼らはそれぞれの業務に戻る。


オジュロ伯の活躍により、はやり病が何であるかが特定された。

彼の推測通り、はやり病は件《くだん》の奇病だったのだ。

奇病の症状は、高熱から始まり、熱が収まるとやがてポツポツと表皮から綿のようなものが出てくる。

綿毛が体の半分近くを覆うまでになると、再び高熱の症状が現れるのだ。

「綿毛病」と名付けられたこの奇病は先例が無かった。いや、世界のどこかで発生していたのかもしれない。

しかし、少なくとも公国の記録には残っていなかった。

オジュロたちはこの病に立ち向かうものの、患者の発熱を抑えるのが精一杯で綿毛に関しては手の打ちようがない状況である。

病の発生から十日後、病に倒れる者が出始めた。一方で症状が改善し綿毛病を克服する者も出てくる。

高熱を緩和させる対症療法しか打つ手がなかったが、それでも体内の病魔が持つ魔力が尽きるまで患者を持たせることができれば改善に向かうことが分かった。

現在のところ、綿毛病の回復率はおよそ五割。

病は確実に公都ローゼンハイムを蝕《むしば》みつつあった。

しかし――。

公国に襲い来る悲劇はこれだけではなかったのだ。

真の受難は病ではなかった……。

◇◇◇

――二日後。

兆しはあった。

魔力には川のように流れがある。上流から下流へ川が流れるように、空気中にある魔力も高いところから低いところに動くのだ。

水は高低差によって流れる向きが決まる。魔力もまた魔力密度に依存して動く。

川はしっかりとした大地の上を流れるため、地震などによる大規模な地形変化がない限り、そう流れる向きは変わらない。

だが、魔力は違う。

魔力密度を決定する項目は、もちろん地形も含まれているがそれだけではない。木々や動物、モンスターや人間、この世界にあるありとあらゆるものが魔力へ影響を及ぼすのだ。

それ故、ちょっとしたきっかけで魔力の流れは変わる。原因となる要素が多すぎて、魔力の流れの変化を予測することは極めて難しい。

それを知るは神のみである。

そう、兆しはあった。

セコイアのような大魔術師と言われるほどの稀有《けう》な魔法的才覚を持った者がつぶさに観察すれば、たとえ微妙な魔力の流れの変化であっても感知することができる。

しかし、小さな変化は数が多すぎて、セコイアの場合、いちいち流れの変化を見ることはなかった。

公国の公都ローゼンハイムにも、魔力的感知能力に優れた者がいる。

その人とは日々神に祈りを捧《ささ》げ、人々の安寧を願う聖女だ。

彼女は世界の変質……ちょっとした魔力の流れも人々の安寧のためとできる限り拾い上げるようにしていた。

しかし、彼女は感知するだけで今後の魔力密度を予測する、なんてことはしない。

コツコツコツ。

規則的な靴音を立て、聖女は歩く。

彼女が歩くのは大聖堂の渡り廊下だった。

毎日この道を通り、神のおわす祭壇へ向かう。

祭壇の前まできた彼女は、両膝《りょうひざ》をつき、指先をひし形に動かし胸の前で両手を組む。

大きな目をつぶり、長い睫毛《まつげ》を震わせ、彼女は祈る。

祈りが終わると、魔力の流れ、市井に淀《よど》んだ何かがないかを探るのだ。

これを繰り返すのが彼女の日常であった。

ヨシュアが辺境へ追放されてからは、書類にサインをする仕事が加わってはいるが、彼女にとって祈ることが全《すべ》てであることに変わりはない。

「魔力の流れが……」

言葉にした後、聖女は右手で自分の口を塞《ふさ》ぎ小刻みに肩を震わせる。

先ほどの彼女の声……感情が籠《こも》っていたのだ。

聖女は自分に向け諭すように心の中で呟《つぶや》く。

「アリシア。あなたは聖女になったのです。名を捨て聖女になったのです。聖女は私心を持ってはいけません。神に仕え、人々の安寧を願うのです」と。

しかし、彼女が心の中で呟けば呟くほど平常心を無くしていく。

一度芽生えてしまった感情の動きはそうそう消えるものではない。

そんな時、彼女はいつも思い出すのだ。

あの人との記憶を。

◇◇◇

聖女とは神託のギフトを持つ無垢《むく》な少女である。長い歴史の中で神託のギフトを所持していたのは全て女性だった。

ギフトとは生まれながらに持つ神からの贈り物であることが常なのだが、例外が一つだけある。

それが神託のギフトだった。神託のギフトはギフトの中でも特異中の特異な存在だ。

極々稀《まれ》にだが、幼少期にギフトを授かる者がいる。神託のギフトを持って生まれた者はこれまでになく、歴代の聖女は全て幼少期にギフトを授かった者だった。

更に、神託のギフトは年齢を重ねると突如消失してしまうという特性を持つ。

また、神の寵愛《ちようあい》を最も受けた神託のギフトは無垢な少女に与えられる。それ故、神託のギフトを持つ者は二十～二十三歳までの間に神託のギフトを失うのだ。

もう一つ大きな特徴として、神託のギフトには重複期間が存在する。その際は年長者の方が神の言葉を聞き、後からギフトを授かった者は神託のギフトを所持するだけで年長者のギフトが失われるまで神の言葉を聞くことはない。

現聖女アリシアは生まれ持ったギフトに加え、六歳の時に神託のギフトを授かる。ローゼンハイムの小さな宿屋が実家であった彼女は普通の少女として育てられていた。

それが神託のギフトを授かったことで、突如生活は一変する。

彼女は教会に引き取られ、聖女としての教育を受けることになった。七年の時が過ぎ、先代の聖女のギフトが失われ彼女が先代に代わり神の言葉を受け取るようになり、次代の聖女となる。

まだ十三歳の少女にとって聖女という役目は重荷であったことだろう。しかし、彼女は私心を捨て神託を人々に伝え、立派に聖女としての責務を果たし続ける。

明るい無邪気な幼女は、神に仕える静粛な少女に変わっていた。

誰《だれ》もが彼女を敬い、恭しく接するのだ。

唯《ただ》一人の例外を除いて。

その人は、彼女より五歳年上の柔らかい女性的な顔をした青年だったのだ。

彼は彼女より幼いうちから「神から与えられし頭脳」と称《たた》えられ、大人に交じって政治を取り仕切っていた。

いや、大人が彼に教えを乞《こ》い、彼が指導していたというのが正しい。

アリシアは相手が王だろうが、大貴族だろうが、接し方を変えない。彼女は聖女なのだから。

逆に帝国の皇帝であっても、彼女には恭しく接する。

それが、この青年だけは違った。

彼だけが、彼女のことを名前で呼んだのだ。

アリシア、と。

名を捨てた彼女にとって、ただ名前を呼ばれるだけでも心が動いてしまう。

これはいけない。

彼女は一人誰も見ていないところで、自らを律しふるふると首を振る。何度も何度も。

だが、心地《ここち》いいのだ。

彼女の感情が叫んでいた。

「アリシア。たまには息を抜くのも大事だぞ」

「アリシア、君も食事か。一緒に食べようか」

アリシア、アリシア、アリシア……。

彼女はそのたびに心が動いた。

嬉《うれ》しいのだ。この気持ちを抑えることができなかった。

「ヨシュア様。わたくしは……いえ、私は……」と思いの丈を叫びたくなったことも一度や二度ではない。

彼ならばきっと、弱い私の言葉でも聞いてくださる。

しかし、彼女は耐えた。

自分の想《おも》いを胸の奥にしまい込み、聖女とならんと律したのだ。

時が過ぎ、彼は公爵となった。

彼も公爵になってからは、周囲からたしなめられたのか彼女のことを聖女と呼ぶようになる。

名を呼ばれなくなったことで、彼女の動揺も収まり、彼女は以前にも増して聖女として振舞うことができるようになった。

極まれに胸にチクりとした痛みを感じることはあったが……。

◇◇◇

「ヨシュア様……わたくしは……」

神託のギフトが消失すれば、どれほど楽になれるか。

ハッとなり、自分の中に浮かんだ昏《くら》い感情を押し殺すように聖女は指先でひし形を切る。

すっといつもの微笑みを湛《たた》えた無表情に戻った彼女は再び祈りを捧げ始めた。

しかし、この時はまだ魔力の流れについて神託が下ることは無かったのである。

コツコツコツ。

彼女の下へ靴音が近づいて来る。

きっと書類へサインを求めにきた大臣だろう。

第三章　思わぬ来訪者

気球で空を飛んでから、早いもので一か月ほどの月日が過ぎた。

日に日に暑くなっていき、初夏だと思っていたらあれよあれよという間に夏本番を迎えてしまったようだ。カンパーランドの夏は公国より昼は暑く、夜は寒い。

といっても、湿度が低いからか日本に比べると格段に過ごしやすいと思う。

日中は温度計が手元にないので体感だけど、だいたい二十八度くらいで夜になると肌寒く、二十度以下にはなっているのかな。

クーラー要らずの夏は快適で、のほほんとした暮らし……は相変わらず夢のままだ。

夏本番になると、もう少し暑くなるかもしれない。

夏だから水着でも着てルビコン川でペンギンときゃっきゃうふふしたいところだけど、オラクルの街は只今《ただいま》インフラ工事の真っ最中なので今しばし我慢だ。

少なくとも水路の工事が終わるまでは……。

みんなが汗水垂らしている横で水遊びとしゃれこむことはさすがにできないものね。

そうそう、この一か月でいろんなことが進んだんだ。

領民が軽く二千人を超えて、農地も拡大の一途《いっと》を辿《たど》っている。キャッサバの収穫も進み、他の作物も育てている。

牧場の家畜も順調。食料庫に侵入したネズミのようなウサギのようなモフモフ生物（アンゴラネズミと言うらしい）も、対策を任せていたバルトロの案で育てることになり順調に数を増やしている。どうやら長い毛は羊毛のように活用できるらしい。

最も繁殖が進んでいるのはソーモン鳥かな。ソーモン鳥は地球で言うところのニワトリのような家畜であるが、群れる習性があり成長も早い。ニワトリに比べ、若干体が小さいことと運動が必要なことが相違点かな。

群れる習性があるから、個人的にはニワトリより育てやすいとは思う。

農場と牧場の進歩もさることながら、街自体もめざましい発展を遂げた。

増え続ける領民に向け住居の建築が進み、大通りだけはレンガで舗装するまでになっている。

商店街予定の建物も立ち並びつつはあるものの、こちらはまだ稼働しているとは言えない。

急ピッチで開発が進んでいるが、オラクルは未《いま》だ自給自足の物々交換社会を脱しておらず、貨幣経済が成り立つまでにまだ多くの時間がかかるだろう。

この地を開拓し始めてそれほど時がたっておらず、集まった領民たちの善意で成り立っている。

言わば非常時なわけだけど、平時に戻すためには貨幣経済を成立させねばと思っているんだ。

貨幣を導入するとなると、税制度を整備しなきゃだし、避けて通ることはできないと分かってはいるものの気が重い……。

全《すべ》てを一から立てるってのは、単に衣食住を確保するだけじゃあダメなんだよな……一国を作る

ってのはやっぱり相当力がいる。

でもま、シャルロッテもいるし何とかなるだろ。うん。

官吏の教育とかも、おいおいやっていくことにしよう。

さてさて、いろいろ思い悩むことはつきないが、今日は記念すべき日なのである。

俺は今、鍛冶《かじ》場の中でペンギンのフリッパーを引っ張って遊んでいた。いや、準備が整うのを待っている。

ペンギンはペンギンで嘴《くちばし》をパカンと開けたり閉じたりと俺の遊びにつきあってくれていた。

そこへ、ルンベルクが颯爽《さっそう》と現れ片膝《かたひざ》をつく。

「ヨシュア様。準備が整ったとトーレ殿より」

「分かった。行こう」

ペンギンのよちよち歩きに合わせてルンベルクと共に鍛冶場を後にした。


完成した水道橋から延びた水路は街まで至り、ガラムとトーレが中心となって最終チェックをしていたのだ。

そして今、トーレから「完了した」とルンベルクに連絡が入ったというわけだった。

水道橋の周囲にはたくさんの領民が集まっており、今か今かと俺を待っている。

鍛冶場から外に出た途端に、領民たちから大歓声を受け、右手をあげて彼らに挨拶《あいさつ》を行う。

ウワアアアアア――。

割れんばかりの声があがり、領民たちによる俺の名の大合唱がはじまった。

ちょっとだけ恥ずかしさを覚えつつも、割れた領民たちの花道を通って水道橋に入る。

そこでガラム、トーレをはじめ、セコイアやシャルロッテらが俺を待っていた。

ガラムと目を合わせ頷《うなず》きあった俺は、水道橋の端にある柵《さく》に手をかけ、領民たちへ顔を向ける。

「諸君！」

一言発すると、これまで大歓声をあげていた領民たちがしーんと静まり返った。

「愛すべき領民の諸君！　諸君らの尽力があり、ついに水道橋と水路が完成した。今日この日を迎えることができたことはこの上ない喜びだ！」

ここで一旦《いったん》言葉をきり、ゆっくりと右から左へ顔を動かす。

誰《だれ》もが皆、固唾《かたず》を呑《の》んで俺の一挙手一投足を見守っていた。

「オラクルの街はこの日をもって、更なる階段を登ることになった！　ここにいるガラム、トーレ、ポールが中心となってくれた。彼らを盛大な拍手をもって労《ねぎら》ってもらえないだろうか？」

並ぶ三人へ右腕を向けた瞬間、領民たちから彼らに向け万雷の拍手が鳴り響く。

照れくさそうな三人にくすりと顔を綻《ほころ》ばせつつも、すっと左腕を上にあげる。

すると、途端に拍手がやみ、再び静寂に包まれた。

「それでは、水路に水を流すことにしよう！　ガラム、トーレ、頼む！」

呼ばれた二人が揃《そろ》って顎髭《あごひげ》に手を当て、弟子たちに指示を出す。

サイフォンをせき止めていた閂《かんぬき》が外され、空気を抜くと橋桁《はしげた》の中に水が入っていく。

続いて、水路にハメた閂を外すと、どばーっと水路に水が流れ始めた。

ウワアアアアア！

耳をつんざくほどのこの日一番の歓声があがる。

水の流れを追って水路を走る人、その場で膝《ひざ》をつき天を仰ぐ人、力一杯叫ぶ人、それぞれがそれぞれの反応を見せた。

誰もが笑顔で喜びを分かち合っている姿を見ると、胸がじーんとする。

激務に激務が続き、寝落ちしてしまうことが何度もあったけどこうしてみんなが嬉しそうな顔をしてくれるとやってよかったと思えてくるんだ。

……。いや、決してこのまま社畜の道を歩もうなんて思ってないけどね。

「これで向こうもガラムとトーレが本格参戦かの？」

うんうんとじーんとしている俺に向け、セコイアがふふんと両腕を組んで胸を反らす。

「そうだな。あっちはあっちで進めはしているけど、ある意味水道橋より難工事だからなー」

『細かい計算は私も行おう』

いつの間にか足元まで来ていたペンギンが両フリッパーを上にあげ、やる気を見せた。

「任せておけい。これまでにない風車を作ってやるからのお」

「土台はもうできておりますぞ。あとは羽根ですな。楽しみですぞですぞ」

水が流れたことでもう興味がこちらに移っているのか、ガラムとトーレの二人も鼻息荒く胸をドンと叩《たた》く。

ん、その時ちょうど首をこてんとかしげたアルルと目が合う。

俺と目が合った彼女は満面の笑みを浮かべ、嬉しそうに耳をピンと立てた。

「ヨシュア様！」

「アルルの笑顔にはいつも癒《いや》されるよ」

「自然と、そうなるの。アルルね。ヨシュア様が楽しそうだから」

「楽しそうにしてたかな、俺」

「うん！　とっても」

「そっかそっか。それは、みんながいるからだよ」

「うん！」

純粋で幼い子供のような心を持ったアルル。しっかりものだけどたまに抜けたところを見せて可愛《かわい》いエリー。

真面目《まじめ》で涙もろいルンベルク。飄々《ひょうひょう》としているけど、胸の内に熱さを持つバルトロ。

最初はたった四人だったんだなあ。

そこにセコイアやトーレたちがきて、どんどん賑《にぎ》やかになり。

ペンギンという日本時代を知る友もできた。

「ヨシュア様。本当に楽しそうな笑顔を浮かべてらっしゃいますね」

「エリーこそ」

にこやかにはにかむエリーに向け、力一杯の笑顔を向ける。

「風車の完成も楽しみです。私には何が起こっているのか見当もつきませんが」

「水車の大型版とでも思ってもらえると。ルドン高原の上空は良い風が吹いていたんだよ。ペンギンさんの計算が肝だ」

「きっと、いえ、必ずうまくことが運びます。ヨシュア様ですもの」

「あはは。そうだな。そう思うことにするよ。発電が成れば、魔石や燃焼石の問題も解決する」

「はい！」

もう少しでこの街の基礎は完成するぞ。

辺境開拓に邁進《まいしん》し、明るい未来に思いを馳《は》せる俺たちをよそに、公国は大きな動きをみせていることなどこの時の俺はまだ知らなかった。

◇◇◇

時が過ぎるのは早いもので、水路の完成から二週間が過ぎてしまった。

夏の暑さも陰りを見せ始め、そろそろ秋が訪れようとしている。

といっても日中はまだまだ暑く、水浴び日和《びより》であることに変わりはない。

そうそう、トーレとガラムが本格参戦した風車作りは、一気に進んだんだぜ。しかも、風車そのものだけじゃなく、中に設置した発電設備もあっという間に完成してしまった。

本日は最終確認を行い、明朝、風車の稼働を行うことに決まる。だけど、ルドン高原という立地がら、領民には自粛を求め関係者だけのお試し会になる予定だ。

そんなわけで、「後は任せろ」と風車から追い出された俺は、ぽっかりと予定が空いてしまった。

それじゃあとばかりに、領民のみなさんが汗水流して働く中、ルビコン川のほとりに来たのだ。

ペンギン、セコイアが最終チェックに参加しているから、メンバーは護衛役のアルルと俺しかいない。

そんな折、ちょうどいい具合に水道橋を越え崖《がけ》の方へ探索に向かおうとしていたバルトロとガルーガに遭遇したのだ。

さらに、お昼を持ってきてくれたエリーとも合流。

わいわいモードになった俺たちは、とりあえず人数が増えて足りなくなった食材を魚と自生しているパパイヤで補い食事を楽しむ。

これがさ、川辺でのバーベキューみたいになって、大満足だった。

「よおし、あ、片付けを手伝うよ」

「いえ、ヨシュア様はお座りになっていて下さい」

「エリー。俺とガルーガでやっとくぜ。女子は準備に時間がかかるだろ」

「え、えっと……?」

戸惑うエリーにバルトロが何やら耳打ちする。すると彼女は小さく首を振るものの、アルルの腕をギュッと掴《つか》み……あ、痛そう。大丈夫かな、アルル。

エリーの歩き方を見るにきっとご機嫌なのだろうなと思う。アルルはアルルで腕をふーふーしながらではあるが、耳をぴょこぴょこさせている。

「ヨシュア様に片付けなんてさせるわけにゃあいかねえ。鍛冶場に持ってきたものを置いているから、見てみてくれよ」

「ん？　そういや途中でガルーガが『一旦、街へ』とか言ってたよな」

「そそ。街の縫製職人に頼んでな。なかなかな一品にできあがったんだぜ。俺たちも後で行くから」

「分かった。バルトロ、ガルーガ、ここは頼んだ」

「おうよ」

バルトロが自分の二の腕をポンと叩き「任せろ」と態度で示す。

一方のガルーガは深々と礼を行った。そんなに固くならなくていいのに、なんて思いつつも指定された鍛冶場に向かう。


鍛冶場である。入口の扉の前まできたところで、中からこちらに向けたアルルの声が。

「この足音はヨシュア様！」

「え、ええ！　ヨシュア様が！」

「開けるよー」

「え、ええ。ま、待って。い、嫌じゃないんです。で、ですが私にも心の準備というものが」

ガタガタと奥から何かをひっくり返した物凄《ものすご》い音がしたけど、大丈夫かな……。

うーんと首を捻《ひね》ったところで、ガチャリと扉が開く。

「え……」

「ヨシュア様！」

満面の笑みを浮かべたアルルが扉を開いたままではよかった。

だ、だが……。

「と、扉閉めて。待ってるから」

「ん？」

ん？　って可愛らしく首をかしげられてもこっちが困ってしまうってば。

アルルがすぐに動いてくれなそうなので、彼女を押し込むように扉を閉める。

アルルだけじゃあなく、奥で背を向けたエリーの姿も見えたぞ……。完全に肌色の。

それにしても、猫族ってさ耳も尻尾《しっぽ》もふさふさしているから、いけないところの周囲全部が尻尾みたいな毛で覆われていると思っていた。

だが……。

待て待て。俺は何を考えているんだ。

「鎮まれ俺の右手！」

ガチャリ。

頭を抱え邪念を捨てるべくガンガン壁に頭をぶつけようとしたところで、再び扉が開く。

「じゃーん！」

「お、おお！　そういうことだったのか」

扉から手を放し、万歳のポーズをしたアルルが俺を見上げてくる。

なるほど、さっきすっぽんぽんだったのは水着に着替えていたからか。

彼女が着ていたのは、肩ひもがないタイプのビキニだった。尻尾と同じトラ柄だったけど、色が白と黒になっている。

水着は少しばかり高価ではあるけれど、珍しいものじゃあない。公国では、という但し書きがつくけどね。

確かある種のガラス質のカイメンを使って紐《ひも》にして編むのだったっけか。

誰かが水着そのものかカイメンの糸を持ち込んでいたのかな?

「触ってみますか?」

まじまじと材質を見ていることに気が付かれてしまったか。

アルルが膨らんでいない自分の胸に右手を当て、左手を俺の手に伸ばそうとする。

「あ、いや。この分だと俺の分もあるみたいだから、自分の水着に触れて確かめてみる」

「はい!」

「エリーも着替え終わったかな?」

「うん!」

カムカムと手招きするアルルについて鍛冶場《かじば》の中に入る。

おや、さっきまで奥にいたのだけど、姿が見えないな。

んーと左右を見渡すとすぐに察した。

右手にある小部屋の中で着替えているんだな、たぶん。ここはちゃんと仕切りがあって部屋扉もあるから、ここからだと中の様子を窺《うかが》い知《し》ることはできない。

最初から小部屋にいてくれたら、事件も起きなかったのに……。

「俺の水着はっと。お、これか。ひょっとしたらバルトロのかもだけど」

「どれでもいいって！　ガルーガさんのは大きいから」

「だな。バルトロも俺よりはサイズが大きいので、一番小さいのにしておくか」

テーブルの上に男性用水着が都合三着置いてある。

カーキ色のハーフパンツが俺のものだろうたぶん。デザインは縦に一本入った白のストライプだけととてもシンプルなものだった。

うんうん。これくらいがよいんだよ。金ぴかとかじゃあなくてよかった。

むんずと水着を掴み、さわさわしてみる。

この感触は、日本で着ていた水着とそっくりだな。カイメンとも少し違うようだ。一体何を使ったんだろ。

試しに植物鑑定スキルを使ってみたけど、反応しない。

となれば、少なくとも植物繊維じゃあないってことか。

「ヨ、ヨシュア様……」

その時、扉の向こうからエリーのくぐもった声が聞こえた。

どうしたんだろう、涙声なんだけど。

「水着のサイズが合わなかったのかな？　無理して着なくても」

扉越しにそう言うと、ガチャリと扉が開く。

「む、胸だけを覆う水着は着たことがなく……私なんかが着ても……」

もじもじとしたように太ももの辺りで両手を組むエリーが、顔を逸《そ》らし真《ま》っ赤《か》になって恥ずかしそうにそんなことを言った。

彼女は肩紐《かたひも》があるタイプのビキニで、薄い青色に花柄が浮き上がるようになったデザインだった。上品で彼女によく似合っていると思う。

「い、いや、そんなことはないけど……。気になるようだったら、上にカーディガンかタオルを羽織るといいよ」

見上げて来られると、ちょっと、いろんな意味でやばい。

エリーのある部分を見ないように彼女から顔をそむける俺。

「や、やはり……」

「い、いやいや。そのままでも可愛《かわい》いって！　ただ、エリーが気にするなら羽織ったらってだけで」

「そ、そうですか！　でしたらこのままにします！」

ぱあっと頬《ほお》を上気させたエリーが上機嫌でいつものように頭を下げた。

……目に毒だ……。

さ、さあ。俺は着替えるとしようか。

脱ぎ脱ぎしようとしたら、エリーから悲鳴があがった。

し、しまった。二人がいたんだったよ。


俺が着替え終わったところで、入口扉の向こうからバルトロが声をかけてくる。

「ヨシュア様！　こっちは終わったぜ」

全く……俺もバルトロたちと一緒でよかったのに……。

なんて内心思いつつも口には出さず、彼らと入れ替わりで外に出る。

ラッキースケベと言えばそうなんだけど、なんだかこう釈然としないままルビコン川の川辺まで来たわけだが……。

「うひゃー、思ったより冷たいなー」

水に手をつけばしゃばしゃすると、現金なもので気分がコロッと百八十度回転してしまった。

「ヨシュア様ー！」

裸足《はだし》になったアルルが川の中へ足を突っ込み、ピクリと尻尾を動かしたもののそのまま奥へと歩いていく。

膝下《ひざした》くらいまで水に浸《つ》かったところで、彼女はこちらに顔を向けぶんぶんと手を振る。

「俺も行く。エリーも行こう」

「あ……お手を」

そういや俺からエリーの手を握ったことって殆《ほとん》ど無かったか。

彼女はほんのり頬を染め、ぼーっとなってしまった。

構わず少しだけ彼女の手を引くとハッとなった彼女に表情が戻ってくる。でも彼女から握り返してこようとはせず、俺の手だけに力が入った状態のまま並んで川の中に。

きっとメイドである自分が畏《おそ》れ多《おお》いなんてことを考えているのだろう。その考え方を否定するつもりはないのだけど、もう少し気さくになってくれたら嬉《うれ》しいな。

……っと。揺れるけしからんものを見ないようにしながら、奥へ奥へと進んでいたら腰あたりまでの深さになった。

ばっしゃばっしゃアルルと水をかけあっていたら、バルトロもやってきて参戦する。

ガルーガは水かけに参戦せず、俺たちの様子を見守っていた。大人な男である。

でも、彼の顔が時折緩んでいたことを俺は見逃してなんかいないのだ。

子供っぽい俺たちに癒《いや》されるがよい……いや、アルルとエリーはともかく俺とバルトロじゃあな……。

水を両手ですくったバルトロへ目を向けると、彼はニヤリと笑みを浮かべ水を思いっきり弾《はじ》く。

「うわっぷ」

ちょ。素手でやる水の勢いじゃねえよ！

プールにあるような大型の水鉄砲の水流を喰《く》らったかのような威力だ。

よろよろと足元がおぼつかなくなってしまい、二歩ほどよろめきながら後ずさってしまう。

「ヨシュア様！」

「エ、エリー」

倒れてしまったところを後ろからエリーが支えてくれた。

それはよいのだが……俺が倒れないように、彼女は両手を前にやり俺の肩を包み込むようにして受け止めたんだ！

そうなると、ほら。

なんだかこう、バルトロがいい笑顔をしているし。俺とエリーの位置を見てワザとやりやがったな。

ぐっと親指を突き出しているし　だけど彼の目線は俺に向いていない。

エリーの方になのかな。

そ、それにしてもエリー、ちょっと力が入り過ぎじゃあないだろうか。

分かっている、分かっているさ。恥ずかしいことは。そらそうだよね。俺の後頭部が完全にうまっているのだもの。

「ご、ごめん、エリー。もう大丈夫だから」

「……！　す、すいません。つ、つい」

力が抜けたのはいいが、急すぎだあああ。

彼女から抜け出そうと前に力を入れていたから、反対方向によろめいてしまったじゃないか。

ぼふん。

「ご、ごめん」

「大丈夫ですか？」

今度はガルーガの逞《たくま》しい腹へ突っ込んでしまった。

モフモフして気持ちいい……。

「うん。思ったよりゴワゴワしているんだな」

「若干の刃物耐性もありますので」

しまった。つい、自分の感想を口にしてしまった。

それでも彼は気にした様子もなく、白い牙《きば》を見せ朗らかに笑う。

ようやく体勢を立て直した俺はほっと胸を撫《な》でおろす。

ところがそこへ、アルルが両手を思いっきり開いてお願いしてきた。

「おもしろそう！　ねね、ヨシュア様。アルルもやりたい！」

「ん、何をやりたいんだろ……遊んでいたわけじゃあないんだけど……」

「ヨシュア様を抱っこ？」

「えっと……ま、まあいいか。やりたいなら」

「うん！」

にじりよってきたアルルが右手を水の中に突っ込み、俺の膝裏へ当てる。

え。ちょっと。

「アルル。これはちょっと恥ずかしい……」

「エリーも。ヨシュア様に」

何を思ったのかアルルが俺を姫抱きしてしまった。崖《がけ》の時にも思ったけど、こんな小柄な体のどこに力があるのか不思議だ。

ペンギンを持ち上げることさえひいひい言う俺とは大違いだよ。

いや、でも、アルルくらいなら俺でも姫抱きできる。

……できるんだからな。崖の上でおんぶにしたのは、長距離移動の必要性があったからで。

「こら！　アルル！　あ、あれはですね。ヨシュア様が濡《ぬ》れてしまわないように、です。決してやましい気持ちでやったわけじゃないんです！」

「やましい？」

エリーの突っ込みに対し、コテンと首をかしげるアルルが彼女に聞き返す。

対するエリーは顔をそむけ、赤面し黙ってしまった。

「ははは！　エリーはほんとおもしれえな！」

「もう！　バルトロさん！」

腹を抱えて笑うバルトロをキッと睨《にら》みつけるエリーなのであった。

◇◇◇

『なんて感じで遊んでいたら、ついつい長くなってしまってさ』

『たまには息抜きも必要だと思うぞ。ヨシュアくん』

ペンギンの両フリッパーを掴《つか》み、彼にことの顛末《てんまつ》を伝えている。

一方でペンギンはバタバタと足を動かしバタ足をしていた。

風呂《ふろ》で。

あの後、結構長い時間遊んだ俺たちは着替えて屋敷に戻る。

そして、ペンギンと一緒に風呂に入っているのが今というわけだ。

湯船に座り、湯の気持ちよさに長い息をはきつつ、ペンギンのバタ足を眺める。

これはこれで、なかなかよいものだ。

ゆったりとした時間が流れ……ていかねえええ！

右へ左へ動き回る水着姿の狐《きつね》耳が目について落ち着けない。

「こらああ！　もうちょっと静かに！」

「宗次郎《そうじろう》と同じことをしているだけじゃろ」

風呂で泳ぐんじゃねえ！　この野生児があぁ！

ペンギンのように優雅にバタ足をするなら癒《いや》されるが、こう騒がしかったら落ち着くものも落ち着かないだろうに。

「もう十分遊んだだろ？　そろそろ出たらどうだ？」

「嫌じゃああ。ボクに隠れて水遊びしおってからに」

「セコイアは風車のお手伝いだったじゃないか」

「済んだことはもう良いのじゃ。ボクは今から堪能する」

「風呂は遊ぶとこじゃあないんだが……もういいや、俺が出るわ」

「待つのじゃああ！」

そうなんだ。

長く水遊びをした結果、鍛冶場《かじ》に戻ってきたセコイアに現場を見られてしまった。

その結果、彼女も「遊びたい」と言い出して……仕方ないから風呂へ連れてきたというわけなのだよ。

水遊びと同じだからということで水着を装着させてね。

俺？　俺はほら風呂にゆっくりと浸《つ》かりたいからタオル一枚で入っている。

迫りくるセコイアに向け、ペンギンの足でけん制しその隙に湯船からあがった。

「もうしばらくペンギンさんと遊んでから出たらいいさ」

「ま、まあよいじゃろ。宗次郎。競争するぞ」

『水の中ならば、私も中々のものなのだよ』

まんざらでもないペンギンとセコイアの競争が開始される。

よしよし、じゃあ俺は風呂上がりの牛乳を楽しむことにしようか。

◇◇◇

ルドン高原にそびえ立つ風車は、基礎部分の高さが二十メートルとオラクルの街一番の高さとなった。

ここまでの高さとなると公国の公都ローゼンハイムでも、通称「大聖堂」と呼ばれる教会くらいしか見当たらないと思う。

稼働実験をした結果、超良好で水車の発電量とは比べものにならなかった。

これ一基で約五千人くらいが一か月で使う魔石と燃焼石を作り出すことができるのだ。それもたった三日で、それだけの量を。

しかし、これで終わらないのがカガクトシなのだ。

更に二基増設予定である。

最初に建築したこの一基は、魔石と燃焼石専用とする予定なんだよ。他にもミスリルを作製したり……動力源はあればあるほどよいだろ？

まだ他の人には言っていないけど、俺とペンギンには大きな野望がある。

それは、カンパーランド辺境国から始める「産業革命」なのだ。

地球でイギリスから始まった科学による産業革命とはまた違う、魔法と科学が融合したものを目指している。

大量消費、大量生産の社会はきっとこの世界に福音をもたらすことだろう。

飢える人がいなくなり、皆がささやかかもしれないけど休日には娯楽にいそしみ、観光地が栄えたり……なんてしたらとても素敵だと思わないか？

温泉地で温泉饅頭《まんじゅう》を食べながら、ぼーっとした時を過ごす。

うん、素晴らしい。

え？　そこまで行くには三年じゃあ無理だろうって？

そら、まあ、厳しいとは思う。だから、俺がやるのはきっかけ作りだよ。

俺とペンギンが種をまく。それを育てるのは別の人々ってわけだ。

あああ。早く休みてええ。

なんて昨日《きのう》、水浴びして遊んだくせにそんなことを考えてしまうダメな俺だった。

呑気《のんき》だったのも、風車の稼働を見届けるまで。

そろそろシャルロッテとルンベルクに相談して文官組織を作ろうかなあなんて思っていたら、それどころじゃなくなったんだ！

オラクルには毎日のように公国からきた領民が流入している。

数はまちまちだけど、老若男女問わずに俺を頼って。本来なら怪しい者は排除すべきなんだろうけど、今のところ来る者拒まずで受け入れている。

今日はたまたまルドン高原に来ていたから、流民と遭遇した。

誰《だれ》もが俺の顔を見ると、涙を流して感謝してくれて……ちょっと気まずい気持ちになってしまう。

そんな中、悲愴《ひそう》な顔で御者を務める中年の男が通りかかったんだ。

彼は髭《ひげ》が伸びっぱなしになっていて頬《ほお》がこけ、碌《ろく》に食事もとっていないように見えた。

他の流民と異なり彼は俺やセコイアたちの姿にも目もくれずに馬車を進め、普通じゃない状態であることは明らか。

それで、「大丈夫かな」と心配になって、ルンベルクに呼び止めてもらったんだよ。

馬車の中には彼の妻らしき中年女性と十歳くらいの少女が乗っていた。

少女は寝かされており、布団から覗《のぞ》く首筋に綿毛のようなものがついていることが確認できる。

ルンベルクと俺が少女のただならぬ様子に気が付いたのはほぼ同時だった。

その瞬間、彼の雰囲気が剣呑《けんのん》なものに変わるが、俺が目配《めくば》せするとすっと和らぐ。

彼の気持ちは分かる。

彼は領民や自分だけじゃなく、主たる俺にも危険が及ぶ可能性に一瞬で考えが及んだのだろう。

恐らく彼の考えは正しい。

見たことのない症状だが、少女の荒い息遣い、触れてはいないけど恐らく発熱も併発している。

「この子は一体？」

「行商人から聞いた話なのですが、『綿毛病』というはやり病だそうです」

「はやり病か……となると……いや、それはいい。あなたたちはどこから来たのです？」

「ガーデルマン様のところです」

「ふむ……」

「お貴族様！　どうか、どうかこの子を。ヨシュア様しか頼れる方が……あのお方がいらっしゃれば、このようなことには……」

病の治療なら最も設備が整っているのはローゼンハイムだ。

衛生局には大きな予算を割いたからな。健康こそ国民に対する一番の福祉と思ってね。

人格に多少問題があるものの有能な人が見付かったから、大きな資金を投入することになったんだ。

　彼に任せるのが解決に最も早い近道なことは確か。だけど、今からローゼンハイムに彼らを送るわけにはいかない。

「はやり病」ってことは、他の人にも感染するってことなのだから、言葉は悪いけどこの少女には実験台になってもらわなければならないんだ。

　他の誰かが罹患《りかん》してからじゃあ後手後手に回ってしまう。彼らが病を持ち込んだのだから、それくらいは協力してもらうぞ。

　もっとも、この少女に対し全力で治療に当たるつもりだけどね。

　顎《あご》に手を当て、少女を見つめていたら後ろに控えるルンベルクが厳かに宣言する。

「このお方こそ、ヨシュア辺境伯様その人、あなたはいと尊き人の眼前にいるのですよ」

「ヨ、ヨシュア様でしたか！　も、申し訳ありません！　私は何ということを……ヨシュア様の前に娘を……」

　う、うわあ。

　今にも自害しそうな勢いになってしまったじゃないかよ。

　彼女も分かっていたのだ。はやり病とはどういうものかってのを。

　だけど、彼女の認識では直接会わせなきゃいいって理解なんだろう。そうではない。空気感染や虫を経由しての感染などによって病が持ち込まれた時点で街全体に広まる可能性がある。

　いや、広まるタイプの感染じゃないのかもしれないのか。その辺の細かいことはおいおい調査していこう。

それに、彼女が俺の顔が分からなくても無理はない。

写真やビデオがある世界じゃないから、ローゼンハイム以外の領民だと俺の顔を直接知っている人はごくわずかだ。

なので黙っていた方がこの場を乱さずに済んだものを……。ルンベルクの気持ちも分かるから、彼に文句を言うつもりは微塵《みじん》もないけど。

「気になさらず。この地にもいずれ病はきていたはず。遅いか早いかで、事前に病への対策を打てることはむしろ幸運なのだから」

「ヨ、ヨシュア様……あなた様は……なんと慈悲深い……う、ううう」

「あなたの娘の名は何と？」

「ミーシャです」

「ミーシャを隔離させてもらう。あなたとあなたの夫も別の場所でしばらく過ごしてもらう」

まずは隔離だ。このまま街の中に入られては困る。

場所はそうだな……鍛冶場の隣にでもするか。両親も近くに別の家を建ててそこに住んでもらおう。

娘と離されることが心配なのか、彼女の表情がとても固くなっていた。

彼女を安心させるよう、穏やかな笑みを浮かべ語りかける。

「全力で治療に当たらせてもらうよ」

「娘を……娘をよろしくお願いいたします！」

何度も何度も深々と頭を下げる母親に向け右手をあげ、馬車から一旦《いったん》離れる。

父親も同じように、地面に両膝《りようひざ》をついて頭を下げていた……。

申し訳ないが、彼らに構っている暇があるのなら準備を整えないと。

すぐ傍にいたガラムとトーレ、彼らの弟子二人には家を建てるように依頼し、先に鍛冶場へ戻ってもらった。

残り四人の弟子は風車の様子を見ていたので、比較的離れた位置にいたのだ。なので、彼らには街への伝達役を頼むことにする。

やり方はとても単純で彼らに大きな声で呼びかけ現状を伝え、俺たちが隔離している間、鍛冶場には寄り付かないことを街の広場で喧伝《けんでん》してくれと頼んだのだ。

ガラムとトーレ含め、馬車の近くにいたメンバーは念のため隔離することに決める。

メンバーはハウスキーパーの四人、シャルロッテ、セコイア、ペンギンにガラムらだな。ちょうど、風車の稼働確認に来ていたのがまずかった……。

これだけ人数がいたら家建築なんてすぐだろすぐ。ははは。


す、すげえな……。

あの後俺たちはすぐに役割分担をしたんだ。

すでにお昼前だったから、バルトロ、アルル、俺が鍛冶場周辺地域の探索。バルトロとアルルは俺の護衛兼道案内で、俺は植物鑑定を片っ端から使っていく。

バルトロはずっと探索を行ってきた経験から一番地理に明るい。アルルは鼻が利くからといった理由で二人を選ぶ。

……といっても綿毛病なるものの症状はまるで分かっていないから、薬になりそうなものを見つけたら持って帰ることにした。

ペンギンとセコイアはミーシャの看病をしつつ、病気の症状を探る。ペンギンとセコイアならお互い言葉が通じるし、科学的見地からペンギン、魔法的見地からセコイアと知識面でも最適だ。

ルンベルク、エリー、シャルロッテは主に食材調達をしながら生活必需品を揃《そろ》える。

職人たちは家作りだな。家ができるまでミーシャを鍛冶《かじ》場に、他はまあ……適当にと思っていたところがどっこい、鍛冶場に戻ってきたら既に家ができていた。

簡易的なインスラと言えばいいのか、長屋のプレハブ風と表現すればいいのか悩むところだけど……。

あ、そうだそうだ。キャンプ場にある一部屋ごとに扉がついたロッジ風が一番近いかも。

丸太と板を組み合わせシンプルながらも機能は十分だ。

鍛冶場を挟んで右手に二棟、左手に二棟が完成していた。一棟の部屋数は三。

もう一つ忘れちゃいけないのがミーシャ用の家になる。こちらは小さなログハウス風になっていた。場所は鍛冶場左手の二棟から更に左に進んだところになる。

「す、すげえ……信じられん……」

今度は口をついて出てしまった。

いくらなんでも早すぎないか？

開いた口が塞《ふさ》がらない俺に対し、弟子たちに指示を出していたガラムが顔を向ける。

「丸太と板が既にあったからのお。ベッドの設置までは終わったわい。机は間に合わんかったがのお」

「非常時に備えていたのかな？」

「家にという限定したものではなかったがのお。急ぎ対応できるよう備えあれば憂いなしだの」

「ずっと建築続きだったものなあ。ありがとうな」

「好きでやっておるんじゃ。お前は本当に面白いからの！　ガハハハハ。風車も楽しかったわい」

豪快に笑い過ぎたためか、ガラムの額からゴーグルが少しずり落ちてきた。

それでも彼は気にした様子もなく、今度は弟子たちの背中をバンバン叩《たた》き彼らを労う。

そこへトーレが合流し……あ、この流れはきっと。

あ、やっぱり。

酒盛りが始まりそうだ。

ええっと、食材調達班の準備は終わったのかな。せっかくなら彼らに食事もしてもらいたい。

お、おお。

俺の思いに応じるかのように、香ばしいよい匂《にお》いが鼻孔をくすぐる。

匂いの方向へてくてくと進むと、ルンベルクらの調理が佳境を迎えていた。

「ヨシュア様。もう間もなく仕上がります。お持ちいたしますので、今しばらくお待ちくださいませ」

鍋《なべ》から手を放したルンベルクがビシッと礼をする。

「いや、まずはガラムたちから持っていってやってもらえるか？　その後は俺とペンギン、セコイア以外に」

「ヨシュア様が最後など……」

「これから患者であるミーシャを見に行く。彼女の両親にも食事を」

「承知いたしました。くれぐれもご無理をなさらぬよう。病は体力の落ちた者から襲い掛かります故……」

「うん、ありがとう。ルンベルク」

もうすっかり夜になってしまった。

体力の落ちた者から……というのは真理だな。なので、ミーシャの両親にはしっかり食べてぐっすり寝てもらわないと。

◇◇◇

鍛冶場の奥にある一室でミーシャが寝かされていた。

彼女の体格にあった丁度良いベッドだけど、わざわざ作ってくれたのだろうか。

あ。そういうことね。ミーシャとセコイアのサイズは同じくらいだ。このベッドはセコイアのお休み用なのかも。

ベッド脇《わき》に腰かけるセコイアの真剣な横顔に対し、失礼だと思いつつもくすりとしてしまった。

椅子は三脚準備されていて、セコイアが座る横の椅子にペンギンが乗っかっている。彼は直立しベッドを見下ろしていた。

「ヨシュア、首尾はどうじゃ？」

「ん。薬草らしきものはいくつか持って帰ってきたけど、現在の症状の把握からだな」

「うむ。キミとペンギンから『カガクテキ手法』とやらは聞いている。その辺りも計測しておるぞ。といってもまだ二回目じゃがな」

「ありがとう。元の健康な状態が推測になっちゃうのは仕方ない。でも経過観察することで見えてくるだろう」

「ふむ。キミも確認するがよい」

セコイアからメモを受け取る。

彼女はひょいと椅子から降りてミーシャに被《かぶ》せた毛布を掴《つか》み上げた。

「こ、これは……」

『見たことのない病だよ。これは。地球では考えられない』

今度はペンギンが意見を挟む。

裸で寝かされていたミーシャだったが、今はすやすやと眠っていた。

だが、彼女の首筋、両脇、太ももから足先にかけてポツポツと綿毛が皮膚を突き破って生えていたのだ。

綿毛は一番大きくて五ミリくらいか。

これを全部取り除いたら症状が改善するのかな。いや、それなら既に両親がやっていることだろう。

『ペンギンさん、綿毛みたいなものって解析できる？』

『植物質だろうと思う。ここにある器具と試薬だけでやれる限りやってみるつもりだ』

『ありがとう。セコイアより俺とペンギンさんの方が、病について固定観念に囚《とら》われがちだから注意点を』

『そうだね。確認しておこう』

聡明《そうめい》なペンギンならば、俺がわざわざ言わずとも既に重々理解しているはずだ。

俺とペンギンの常識だと、病というのはウィルスであったりアメーバみたいな小さな病原体であったり……はたまた体の仕組みがおかしくなって異常をきたしたり……と、全《すべ》て科学的な見地で説明できる。

だけど、この世界の病はそうじゃない。

マナや魔力と呼ばれる独特の力が、病原体にも及ぶ。体内魔力の異常でも病が発症する。

なら、魔法で一発回復するのでは？　と俺も考えた。

だけど、病とはそう単純なものじゃあなく、どんな病でも治療できる魔法というものはない。

セコイア曰《いわ》く、大量出血を伴い地球の医療技術では手遅れのような外傷による重症であっても魔法ならば治療可能らしい。

なんと傷が一瞬で塞がるのだと。更に手足が切断されてしまっても、切れた手足があればくっつくのだそうだ……。

しかも、魔法で治療したらすぐに元通りに動くというのだから驚きを通り越して呆《あき》れてしまう。

それほどの威力を持つ魔法でも病気は治療できない。

『果たしてそうだろうか？　外傷を一瞬で治療してしまう魔法で病が本当に治療できないのかな？』

俺の疑問をペンギンにぶつけてみる。

すると彼はフリッパーを嘴《くちばし》に当て、ふむと頷《うなず》きを返した。

『可能……いや、魔法単独では不可能だと推測する。病魔の原因は科学的なものと魔法的なものがあるのだろう？　ヨシュアくん』

『その通り。きちんと切り分けることができたのなら、魔法的な病魔を何とかすることはできると思うんだ』

『切り分けることは極めて難しい……だろうけどね。できるものならこの世界の先達がとっくにやっているだろう？』

『確かに……』

うーん。やっぱり簡単には行かないか。

腕を組み唸《うな》る俺に向け、セコイアが呆れたように首をかしげる。

「知識の整理は終わったかの？　肝要なのは目の前の患者であり、綿毛病じゃろ？」

「うん。症状のまとめを読ませてもらうよ」

セコイアから受け取ったメモに目を通す。

お、おお。三回もチェックしてくれたのか。どれどれ。


『検査一回目　体温38・2度　魔力密度18・2』

『検査二回目　体温38・0度　魔力密度17・8』

『検査三回目　体温37・2度　魔力密度17・9』


ふむふむ……。

「これは運び込んだ時、数時間後、つい先ほどくらいに測ったものかな」

「だいたいそんなところじゃ」

細かく計測してくれている。さすがセコイア。抜け目がない。

「現在、体温が落ち着いて、眠っているのかな。何か飲ませた？」

『解熱効果のある薬草を煎《せん》じた粉を溶かして飲ませたよ』

『常備してた薬かな。ありがとう』

解熱剤は効果を発揮した。

アロエに似た葉っぱをすり潰《つぶ》して粉状にしたものが発熱に効果があるんだ。これは俺が発見したものではなく、古くから薬師の間に広がっていたものである。

粉を見たら元の植物が何なのかは「植物鑑定スキル」ですぐ分かるので、採取は難しくない。

現に俺はいまその薬草の葉を持ち帰っている。後ですり潰しておくとしよう。

熱が落ち着いただけだと全快に向かうことはないだろうなあ……。

不可解な動きをしている数値があるもの。

「気になるのは『魔力密度』だな。二回目の検査の後にミーシャは寝たのかな？」

「うむ。だいたい一時間くらいは眠っとるのお」

寝ていたのにこれかあ……。

「セコイアの目で彼女が健康な時の魔力密度は推し量ることができるか？」

「ふむ。ボクも気になっておったから、調べている」

セコイアが手元の紙片に目を落とし、読み上げる。

ミーシャの健康時の魔力密度は大凡《おおよそ》20から22と領民平均くらい。

現在の症状は、一時間睡眠を取ったにもかかわらず、魔力が殆《ほとん》ど回復していないのである。

起きている時、特に魔力を使っていないのに魔力密度が減っていること……これらは病を原因とすると推測できた。

『魔力密度という計測方法はよいね。とても分かりやすい。私では計測できないことが難点だがね』

『公国の衛生局には魔力密度を測る魔道具があるんだけど……誰《だれ》か作れないかな……』

魔力密度とは、俺が勝手に作った単位だ。なので、セコイアみたいに俺と実験を行った人や公都ローゼンハイムの医者くらいにしか通用しない単位である。

人にはそれぞれ正常な魔力量……ＭＰと言い換えてもいい……があって、魔法や魔道具などで魔力を使うと魔力を消費するのだ。

休んだり食事をとると魔力は回復する。休めばすぐに回復するものなので、日常生活を送る分には魔力量なんて全く気にする必要はない。消費量に比べて回復速度がとても速いからね。

なので、綿毛病は体内の魔力を消費して、病を引き起こしている……と予想したってわけだ。

「ボク以外にも幾人か魔力密度を計測できる者はいるじゃろう。じゃが、綿毛病が大流行した場合、魔道具があった方がよいことは確かじゃの」

「うん。何も綿毛病に限らず、医療体制を整えることは肝要だ。つっても街の整備をするだけで手いっぱいだったから。これからの課題だなあ。確か屋敷に一つだけあったから、それを元にして誰か作れないか募るか」

「それがよいの。あと、一つ気が付いたことがあるのじゃ」

「おお。こんな短期間で。すごいな！」

「褒めてよいぞ」

よーしよーし。

頭を突き出してきたセコイアを思いっきりなでなでする。狐耳《きつね》も丹念にな。

セコイアのにへえとだらしなくなった口元から涎《よだれ》が出てきそうな勢いだ。

ひとしきり撫《な》でたら、すっと手を放し彼女に問いかける。

「この病、恐らくじゃが、ここにいる三人は罹患《りかん》しないじゃろう」

「お、おお。そいつは願ってもない。病を解明するのは俺たち三人が主体だからな。何か理由があるのか？」

「うむ。よいか。あくまでボクの直感じゃが、綿毛病の元になる何かは『魔力』が媒介することで悪さをする」

「あ、俺にも何となく予想がついた」

セコイアはこの病の元凶がカビやキノコなどの菌類だと予想したのかな。

仮にキノコとしようか。

綿毛病を引き起こすキノコの胞子が体内に入ると、魔力や体の中の素敵な何かを元にして成長し綿毛が皮膚を突き破って出てくる。

生き物ってのはキノコに限らず「生育しやすい環境」ってのがあるのだ。

ある菌類は三十度から五十度が至適で、六十度を超えると死滅するといったように。

綿毛病の元になるキノコもまた、最適な環境と死滅する環境がある。

「……」

「何じゃ、変な顔をしておってからに」

「予想はついたのだけど、俺だけすんごく微妙じゃね？」

「まあ良いではないか。ボクの魔力密度は99。おそらくじゃが、病魔は死滅する」

「実験するまで何とも言えないけど、恐らくそうだろうな」

お湯に例えると、セコイアの体内は熱湯だ。

なので病原菌が繁殖するどころか、滅菌される。

「宗次郎は皮膚が人間と異なり頑強だ。綿毛が出てこられないじゃろうな。魔力密度もやや高い」

「生物学的に綿毛病に感染しないって予想だな」

ペンギンは人間とあまりに構造が異なるから感染しない……これは半々かなあ。

人間に感染する病原体が他の哺乳類《ほにゅうるい》や鳥類に感染しないことはよくあること。むしろ、鳥にも牛にも人間にも感染する病原体の方が珍しいのかもしれない。

「うむ。して、ヨシュアじゃが」

「いや、言わなくていいから」

「宗次郎のためにも情報共有をしとかなければな」

「だあああ」

「ヨシュアの魔力密度はたったの5じゃ。栄養が無さ過ぎて病魔は育たないじゃろ」

「……言ってしまったか。俺の大いなる秘密を」

ゆらりとセコイアの後ろに立った俺は、彼女のこめかみをぐーりぐりとする。

逆に喜ばせてしまった……。

『ふむ。言わんとしていることは分かった。なら、至適を探らねばならないね。そこが一つの突破口になるかもしれない』

『ミーシャから採取した綿毛を使えばいけそうかな？』

『恐らく。しかし、ヨシュアくん、シャーレはトーレさんに作ってもらうにしても、培地はどうする？』

『それなら、寒天の元になる海藻《かいそう》類を持ってきているから大丈夫だよ』

『素晴らしい！　寒天培地があれば……滅菌は難しいだろうが、今回はそこまで必要ではないだろう。セコイアくんに魔力密度を見てもらいつつ、バッテリーを使おう』

『おお。そこでバッテリーかあ。さすがペンギンさんだ』

寒天培地は栄養源になる。綿毛病の場合は魔力もまた栄養源だから、バッテリーの中の魔力密度を調整することで培養しようってわけだ。

まずは人の平均値である魔力密度20くらいで始めてみて、一気に密度を落とすとどうなるか、を試してみたい。

常時より魔力密度を20以上あげてしまうと命の危険を伴うが、低くする分には問題ない。急激な魔力密度低下で気絶することはあるけど……。

「おもしろそうじゃ。カガク的手法ってやつじゃな。培養なるものはボクとペンギンで行おう」

「俺は魔力密度を調整できる植物を探す。外に出ることになるからミーシャの看病も頼んだ」

「もちろんじゃ。任せよ」

「よっし、方向性は見えた」

これでうまくいけばいいんだけど……いや、うまくいくと信じてやってみようじゃないか。

◇◇◇

綿毛病の対策を取るべく、夜が明けたらさっそく探索へ繰り出すことにしたんだ。

メンバーは昨日《きのう》と同じバルトロとアルル。

彼らは俺と違って綿毛病への耐性があるわけではない。彼らもまた綿毛病患者ミーシャと至近距離にいたことで感染のリスクを背負っている。

ミーシャの皮膚から採取した綿毛がどんな物質なのかにもよるけど、俺とペンギンの予想は胞子だ。

もし胞子ならば風に乗って遠くまで運ばれていく。

つまり、ミーシャがオラクルへやってこなかったとしても、いずれ誰かが罹患していたと思う。

隔離しているものの、オラクルの街で綿毛病の患者がいつ出てもおかしくない……。

なので、早急に対応が求められるのだが、治療の道に王道は無し。地道に行くしかないのだ。

オジュロがいればもっと効率的な対策が打てたかもしれないけど、ないものねだりをしても仕方ない。

幸い、調査できる設備と人材は揃《そろ》っているし、俺の植物鑑定もある。

きっと、それほど時間をかけずにうまくいくはずだ。

二人には少しでも体調の異変を感じ取ったらすぐに言うように伝えてある。「どんな些細《ささい》なことでも」と念押ししてね。

何も言わなきゃ彼らは倒れるまで働く……だろうから、不本意ながらも少し強めの命令口調で言ってしまった。

ちょっとばかし言い過ぎたのか、伝えた時にアルルでさえ神妙な顔でこくこく頷いていたんだよな。

そんな一幕があったが、朝も食べずにルビコン川を渡り、崖《がけ》を迂回《うかい》している。

道中何か食べるものを見つけたら、そこで食事タイムにしようと二人に伝えていたのだが……。

「ちと待ってくれ。ヨシュア様」

とバルトロが立ち止まり弓に矢を番《つが》え、放つ！

ぐあぐあーと飛んでいた鳥に見事矢が命中し、鳥が落下する。

そこへアルルが崖の壁を蹴《け》り華麗に鳥を掴《つか》み着地した。

着地点も物凄《ものすご》い傾斜なんだけど……。

「朝ごはん！」

ご機嫌なアルルと指を鳴らしひゅーと口笛を吹くバルトロ。

対する俺の額からたらりと冷や汗が流れ落ちる。

「あ、ここを登りきったところに野苺《のいちご》があったはず。そこで食事にしようか」

「りょーかい」

「ごはん！」

親指を立てにかっと笑うバルトロと鼻歌まじりのアルル。

二人とも朝から気合入っているなあ。

なんて謎なことを考えつつもてくてくてく歩き続ける。


目的地までの道中も植物鑑定スキルで次から次へと自生している草木を見て行く。

何気なく生えている雑草の中にも当たりがあるかもしれないしな。

実のところ、雷獣のいる森に行くか、アメジストと水晶のあるこちらにくるか迷った。

森は植物が豊富で種類も多いだろう。こちらも森と呼べる部分はあるけれど、雷獣のいるところみたいにずっとうっそうと生い茂っているわけじゃあないんだ。

なら何故《なぜ》、こちらからにしたんだ？　となると何となくの勘としか言えない。

強いて言うなら、水晶やらアメジストがあったのなら、魔法鉱石もあるかもしれないと考えたことかなあ。

いずれにしろ、雷獣のいる森にも行くつもりだけどね。

「ヨシュア様、そこ、崩れやすいぜ。こっちに」

「うん」

何気ない地面に見えるんだけど、バルトロの言う通りに左側を歩く。

庭師として来てくれた彼は、こうして外を探索している時の方が生き生きしている気がする。

「バルトロ……あ、いや、何でもない」

「途中で言いよどむなんてヨシュア様らしくねえ。あ、そういうことか」

察したバルトロが両手を頭の後ろで組み、ニカッと笑う。

「本当に些細なことだったから」

「分かってるって。ヨシュア様は本当に気遣いの人だな。俺のことを聞きたかったんだろ。別に隠すほどのことじゃない。聞いてくれるか？」

「うん。聞きたい」

「そうこなくっちゃな」

パチリと指を鳴らしたバルトロは庭師になる前の自分について語り始めた。

「俺はヨシュア様のところに来る前は根無し草だったんだよ。ルンベルクの旦那《だんな》が拾ってくれてな、ヨシュア様のところに来たってわけだ」

「そうだったのか。どうやって生活していたんだ？」

「冒険者って知ってるか？　探検をして希少な素材をとってきたりして、金を稼いでいたのさ」

「おお、カッコいいな！　それで森を探索している時とか頼もしかったんだな」

「それほどでもない。知らない場所に行くことはワクワクするけどな！」

「俺もそうかも」

「だよな！」

バルトロと顔を見合わせ笑い合う。

そんな俺たちの様子に前を行くアルルが振り向き、不思議そうに首を傾ける。

冒険ってのは男の子の心をくすぐるもんなんだよ。うんうん。

「冒険者に戻るつもりはないのか？　そっちの方が楽しそうじゃないか」

「んー。少年は大人になるってな。ヨシュア様のところで働く方が楽しい。口調も態度も気にしなくていいしな！」

「そうして素のままのバルトロでいてくれよ。畏《かしこ》まったバルトロなんて見たくないからさ」

「ありがとうよ。ヨシュア様。あ、一つだけ、誤解のないよう言わせてくれ」

「うん」

「ここに来る前、庭師の修業をちゃんとしてきたから腕は問題ないぜ！」

「分かってるって。あはは」

バルトロの意外な一面を見てくすりとしてしまった。

飄々《ひょうひょう》としているような彼だけど、仕事に対してはとても真面目《まじめ》なんだ。締めるところは締めて、抜くところは抜く。

こんな大人に俺はなりたい。

いや、俺は自堕落な大人になりたい……。

「話が飛んでごめん。冒険者だったってことは、モンスターとかポーション類に詳しいのかな？」

「んー。それなりに……だな。ガルーガの方が詳しいんじゃねえかな」

「冒険者だから詳しいのかな？」

「元、な。ヨシュア様にならガルーガも喜んで語ってくれるさ」

「あはは。聞きたかったのはさ。魔力を回復するポーションってあるだろ、その逆もあるのかな?」

「バッドステータスを喰《く》らうポーションなんて街で売ってないって。でも、モンスターとかトラップなら……そういうのはあるな」

「魔力を吸われるのかな?」

「そんな感じだ。ヨシュア様が探しているのは傷を負わずに魔力が吸われるモンスターなのか?」

「モンスターよりは、動かない物の方が望ましいなあ……」

「おっし。俺もその辺を注意しつつ探索をするぜ」

吸血コウモリみたいなモンスターがいたとして、血ではなく魔力だけを吸うイメージかな。

そんな都合のよいモンスターがいるか分からないけど……。

この世界では生きとし生けるもの全《すべ》てが魔力を持っているんだ。人間なら、睡眠時に空気中から、食事の時に食べ物から魔力を吸収する。

同じように「食事」として魔力だけを吸う生き物があっても不思議じゃあない。

植物ならば俺のスキルがあれば一発で分かる。

これだけ多種多様な植物が生えているんだ。きっと見つかる……はず。

「あったよ! のいちご!」

アルルがこちらに向け手を振る。

「食事にしようか」

「おう」

キョロキョロしつつも、アルルの下へ進む俺なのであった。


むしむしと鳥の羽をあっという間にむしりとってしまったアルルに少しびっくりする。

彼女は生活感が無く天真爛漫《てんしんらんまん》な少女に見えるのだけど……彼女自身、実際に料理があまり得意ではないと言っていた。サバイバル技術も本人曰《いわ》くそんなにらしい。

だけど、少なくとも俺なんかより遥《はる》かにサバイバル技術があるし、野外料理も慣れたものなのだ。

彼女の「得意ではない」というのは、主体的に自分で考え実行することなのではないだろうか。

指示をもらえば忠実にテキパキとこなす力を持っている。

彼女とバルトロが料理の準備をしてくれている間に、俺は野苺を摘む。

ついでに周囲に生えている植物のチェックも忘れずに。

お、このトゲトゲの付いた茎……バラの一種みたいだけど、傷薬になるんだって。

アロエみたいな薬草と似た感じか。

こっちの茜色《あかねいろ》の葉は……食べると超苦いのだとよ。絶対食べないぞ！

栄養価が全くない代わりに多少魔力の回復を早めるらしい。魔力の動きを変えるものは片っ端から集めたい。こいつも確保だな。

お、おお。

野苺の後ろには大木があるのだけど、その後ろ……かさりと何かが動いた気がした。風かなあ。

気になった俺は野苺の枝をかき分け大木へと向かう。

そこで後ろから誰《だれ》かに肩を掴まれた。

「ヨシュア様、ちいとばかし危ないぜ」

「そうなの？」

「こっちから、奥を大賢者の力で見てみな」

先導してくれるバルトロについていき、大木を大回りして彼の指す方向を見やる。

一見して大木に緑のつたがぐるぐる巻き付いているだけに見えるが……。

植物鑑定の結果「ツリーピングバイン（蔦《つた》寄生型）」という表示名が出た。

こいつは大木の根に張り付き魔力と養分を吸収する。

雷獣を発見したところにいたツリーピングバインと同じ種族らしく、近づいた獲物を搦《から》めとり溶かすこともある。

全く獲物を捕獲できなかったツリーピングバインは成長が止まり、いずれ枯れてしまう。

俺たちが肉も野菜も食べなきゃ栄養が偏るように、蔦寄生型のツリーピングバインも木から吸い取ることと捕獲することの両方が必要ってことだな、うん。

「ツリーピングバインの一種みたいだ。人間も襲うの？」

「……ま、まあ……そうだな……」

珍しくバルトロの歯切れが悪い。彼はいつもハッキリとした物言いをするのだけど……。

あ、察してしまった。

探索慣れしたバルトロや探知能力に優れたアルルなら、まずツリーピングバインに搦めとられることはない。

一般人でも捕まったとしても力で振りほどけるのかも。だけど、小さな子供や老人だと難しいかもしれん。

そこに俺も含むってことだ……。

うん、バルトロであってもハッキリと言えないよな。一応、俺は彼の雇い主なわけで。

「危なそうだし、近寄らずにしておくか」

「ヨシュア様の目的には合わねえしな。蔦の化け物は。あれは魔力だけじゃなく肉も溶かす」

「……想像したら、ちょっと」

「すまねえ！　つい、な」

「いや、バルトロは全然悪くないって。説明してくれてありがとうな」

「ほんとヨシュア様は。っと、その草は使えそうなのか？」

「傷薬とちょびっとだけ魔力を回復できる元になるぞ」

「すげえ。魔力回復は結構値打ちものなんだぜ！」

気を遣って話題を変えてくれたのかなと思ったけど、どうもバルトロは素でやっているみたいだ。

彼の興味は雲の動きのように移ろいやすい。

些細《ささい》なことでも興味が持てる彼の性格は冒険者に向いているのかな。

何かあっても引きずらない竹を割ったような性格はとても接しやすい。

うじうじ悩んでいることが多い俺としては、彼に癒《いや》されることも多々ある。

食事をしながら、アルルにも俺が探している植物について伝えたんだ。

彼女はうーんと顎《あご》を上にあげてにーっと笑顔になり言葉を返す。

「魔力をちゅーっと吸うんだね！」

「そそ。そんな感じだ」

「だったら、バルトロさんに聞けばいいよ！　ヨシュア様、アルルね、ちゅーちゅーするの知ってるよ」

「ん？」

「ヨシュア様と洞穴に行った時ね、コウモリに会ったよ」

「そうだな。うん」

アルルの手前、はにかんでうんうんと頷《うなず》きを返しておく。

ちゅーちゅーから吸血コウモリを想像したのかな。って、アルルが言う洞穴ってこの辺の窪《くぼ》みを探索した時のことじゃなくて、街の南側の崖下《がけした》のことだよな。

あそこに吸血コウモリがいたのかよ……何事もなくてよかった……。

余談ではあるが、この辺にいたのはコウモリじゃなくて羽の生えたトカゲだったよな、確か。

探しているのは吸血されるのではなく、体内の魔力を減らす何かなんだけどね。

そこへ、香ばしく焼けたもも肉にかじりついていたバルトロが何気ない感じで口を挟む。

「お、ヨシュア様。吸血系は良いんじゃないか。血より魔力を多く吸う奴《やつ》もいる。小さな吸血生物なら傷も無視できるほどじゃねえか？」

「え？」

意外なバルトロの言葉に変な声が出てしまった。

言われてみると、確かに悪くない手かもしれん。

ある種のヒルは医療用に使うこともあるという。でも、医療用は無菌処理されたものだったはず。

外で捕らえてきた吸血コウモリやらヒルやらを使って……は雑菌が怖くないか？

いや……そうでもないのか？

この世界には治療魔法がある。コウモリならアルコールで牙《きば》を除菌してから、喰《く》いつかせて即座に治療魔法をかけたらどうだ？

治療魔法の代わりに傷薬に魔力を加えて作るポーションを使ってもいい。

領民の中に一人くらいは薬師もいるだろうから、元になる薬草さえあればポーションは製造可能のはず。検証実験が必要になるけど、バッテリーに傷薬をつっこんでみてもいい。

魔力を含んだ製品を量産できるバッテリー魔力タンクは何かと応用が利く。

「そんなに珍しくもないから、この辺にもいるんじゃねえか？　公国の奴らと種は違うかもしれねえけど」

「それ、実際に吸わせてみるまで分からないってことかな」

「んー。見ればだいたい分かる。あ、いい手があるぜ。アルルとヨシュア様に並んでもらって、どっちに多く集まるかですぐ分かる」

「確かにそれなら……ん、アルルの魔力密度は……」

「魔力密度ってのはよく分からねえけど、アルルはヨシュア様より内包魔力が大きいぜ」

「そうだな。うん、そうだよな」

俺の魔力密度は常人の三分の一……ごめん、見栄を張った。五分の一から四分の一しかないのだ。

まあ、俺と並べば誰だって俺より魔力密度は高くなる。

血をメインに吸うコウモリなら、俺とアルルどちらにも寄って来るだろう。それとは逆に魔力をメインに吸血するコウモリなら俺の方に殆《ほとん》ど来ないはずだ。

魔力が低くても使いようだな。は、ははは……。ち、ちくしょう！

綿毛病といいコウモリの見分けといい、いいことばかりのはずなんだけど、なんか釈然としねえ。


植物はもちろん探す。だけど、吸血コウモリというアイデアは悪くない。

てなわけで、アメジストと水晶の鉱脈がある付近を探索することになった。もちろん、到着するまでにも植物鑑定を怠ってはいないぜ。

結果は芳しくなかったけど……。

おっと、話を戻すと、この辺りは小さな洞穴が多数あるんだよ。なので、コウモリを見つけることは、アルルの探知能力でたやすいことだってわけさ！

次から次へとコウモリに遭遇し、あーだこーだしているとあっという間に日がかげってくる。

しかし、そろそろ帰るかって頃《ころ》に、目的のコウモリを発見したのだ！

続けていた植物鑑定の結果はあんまりで、魔力が回復する菌類の一種を見つけたにとどまる。

魔力を回復できる薬は、魔力を吸わせる検証とセットなので、有用ではあるけどね。

問題が発生したらすぐに魔力密度を元に戻せるように。

「ただいまー」

戻ってきたら既にガラムたちの酒盛りが始まっていた。

弟子のうち年少のネイサンだけは飲んでいないのだけど、彼は彼でせこせことガラムたちのお世話をしている。

「お帰りなさいませ」

エリーが優雅な仕草で礼をした。

非常事態であっても、彼女とルンベルクはビシッと服装と髪を整えているのがさすがである。俺は髪の毛が跳ねまくってる……朝にエリーへ頼んで整えてもらったというのに。

「ペンギンさんとセコイアはまだ鍛冶《かじ》場の中なのかな？」

エリーに問いかけると、彼女はコクリと頷きを返す。

ふむ。彼らにも先に食事をとってもらいたい。エリーとルンベルクが準備してくれたご飯は絶品だぞ。

……とまあ、それはともかく。俺と彼らは食事後にもう一仕事しなきゃならないからな！

いつまでも鍛冶場に籠《こも》っていては、後の仕事に支障が出てしまう。我ながら二人を働かせ過ぎだと思うのだけど、俺も頑張るから許してほしい。

そんなわけで、みんな揃《そろ》って食事を楽しむことになった。

ん……あれ、一人足りないような……あ、牛乳少女がいない。そういや、今朝《けさ》も姿を見ぬまま出かけちゃったし。

彼女もまた隔離中なので、牛のところに行けないから牛乳を持って来られない。そのことで何か思うところがあったのかな？

いやいやまさかそんなわけはないだろ。ひょっとしたら、綿毛病を発症したとかかもしれないぞ！

彼女の様子を見に行ってみるか。

ガラムに頼み、ネイサンを借り受けペンギンの下へ送り込む。彼ならよろしくやってくれるだろう。

ついでにネイサンにこっそりと酒を拝借してもらうことも忘れてはいない。

彼には酒からアルコールを抽出してもらわなきゃならないからな。飲むためではなく消毒用にね。

俺は「後から鍛冶場に行く」とセコイアに告げ、牛乳少女ことシャルロッテの割り当てられた部屋に向かうことにした。

◇◇◇

ワンルームアパートみたいな平屋作りの建物のうち一番右端がシャルロッテに当てがわれた部屋だったはず。

それにしても、素通りしてしまっていた扉の前に立つと改めて感心してしまう。

たった半日でよくここまでのものを作ったものだ。恐るべしガラムたち。

コンコン――。

「シャル。俺だ。俺俺」

「閣下！　す、すぐに開けるであります！」

ガタガタと奥から音がして、勢いよく扉が開かれる。

思った以上の速度だったので、ちょっとびっくりした。これが外開きの扉だったら頭をぶつけていたところだよ。

彼女はいつもの鎧《よろい》姿じゃなく、ワンピース姿でなんだか新鮮だった。

部屋着かな。動きやすそうだ。

少しやつれたようなシャルロッテだったが、まじまじと彼女の服を見てしまったからか顔を逸《そ》らされてしまう。

「ごめん。珍しいなと思ってさ」

「も、申し訳ありません。閣下の前だというのにこのような姿で」

「いや、普段も鎧じゃなくてもいいんだぞ。動きやすい服で」

「あの姿が一番身が引き締まるのです」

「ま、まあ。好きな格好で仕事をするのが一番だよ」

ん。会話している感じだと問題なさそうだけど……。

落ち込んでいるのか、はたまた綿毛病が発症したのかと心配したのだが、一応。

彼女に、にじりより手を伸ばす。

ビクッと肩を震わせたシャルロッテであったが、その場から動くことはなかった。

ピタリ。

彼女の額に手を当てる。

「うん。熱はなさそうだな」

「た、体調は至って普通であります！」

「そうか。朝から姿を見せなかっただろう？」

「じ、自分は閣下たちと共に働く資格がないのであります……」

いやいや。

牛乳を届けられないことでそんなにへこんでいたとは……。

「シャル。気にしなくていい。綿毛病の対策はいずれ打たなきゃいけないし。牛乳だって……うわっぷ」

涙目になったシャルロッテが俺の胸に飛び込んでくる。

あまりの勢いに息が一瞬詰まった。

「閣下、ほ、本当に申し訳ありません！　あの一家はガーデルマン伯爵領から来たのであります！

私がここへ来たばかりに……」

「どうしてそうなるんだよ。シャルとあの一家は友人というわけでもないし。シャルが来たからここへやってきたってわけじゃないだろ」

「元領主自らが閣下の下へ馳《は》せ参《さん》じたのです。となれば、領民が来ても」

「公国領全域からやってきているだろ。何もガーデルマン伯爵領だけじゃない。もう一つ、綿毛病はあの一家がこなくても、いずれこの地まで猛威を振るう可能性が極めて高い」

シャルロッテの両肩にそっと手を置き、彼女を体から離す。

エリーより頭一つ高い彼女と誠に遺憾ながら男として小柄な方である俺だと、目線が殆ど変わらない。

息の届く距離で見つめ合うのはさすがに恥ずかしく、視線を下げたら下げたで今度は彼女の桜色の唇が。

特に彼女を女性として意識しているわけじゃあなかったけど、この距離感だと嫌でも意識してしまうな……。

日本と違って、公国の男女の距離感は近いのだ。この世界で育った俺は慣れていてしかるべきなんだけど、赤子の時から日本にいた記憶を持っているとなかなか抜けないいんだよね。

これぱっかりは仕方ないと割り切ることにしたんだ。慣れない習慣があることで、いいこともあれば不都合なこともある。

でもそれが俺なんだってね。

なので、半歩下がってから彼女に続きを説明することにした。

「まだ検証段階だけど、綿毛病を発症させる元は風に乗ってくると当たりをつけているんだ」

「凪に……でありますか」

「うん。病原体――悪さをする元になる物質の発生源がどこかを特定することはできないだろうけど、対策が打てたのなら問題ない」

「治療法があるのですか？」

「いや、これからだ。だけど、綿毛病の仕組みを解明しつつある。シャルも魔力密度をセコイアに計測してもらうといい」

「魔力密度でありますか。オジュロ伯との会談で説明されていた記憶があります」

「そうそれだよ。魔力密度が平均値に比べ極端に高いか低いかすると感染しない可能性が高いと思っているんだ」

「自分は30程度であります。宮廷魔法使いになるには心もとなさ過ぎる数値です」

「そ、そうか。30なら危険性が高いな……熱が出たらすぐに教えてくれ」

「了解であります！」

「シャル。牛乳はないけど、君にも仕事を頼みたいと思っている」

「何でもお申しつけください！」

しゃきっと敬礼するシャルロッテの顔にはもう悲愴感はなかった。

彼女の元気の源はお仕事だからな……。今すぐにって仕事じゃあないけど、隔離されて他のことができないし丁度いい。

第四章　解明せよ、そして克服せよ

……。

………あ。

窓から差し込む光が目に痛い。

椅子に腰かけ、机に突っ伏した状態で寝ていたようだった。

「いつの間にか眠ってしまったのか」

『……む』

俺が起きたことで机が揺れてしまったのだろう。机の上で船を漕《こ》いでいたペンギンも目覚めた。

シャルロッテと会話してから鍛冶場に向かった俺は、そのままミーシャの看病にあたったんだ。

人体実験となってしまい申し訳なかったが、ミーシャの了解を取り治療を開始する。

既に抽出の終えていたアルコールで捕らえてきたコウモリの口を消毒し、ミーシャの手の甲にコウモリを寄せた。

コウモリはすぐにミーシャの血を吸い始める。

同時にセコイアが彼女の魔力密度を計測。

みるみるうちに彼女の魔力密度が減っていき、10をきったところで彼女の体調を鑑みコウモリを離す。

セコイアはまだまだ魔力を吸わせてもいけると判断していたが、最初は大きく安全マージンをとっておきたいから終了することにしたんだ。

その後、眠るミーシャの魔力密度をセコイアに計測してもらい、魔力密度の変化を記録していった。

記録係は俺が行い、彼女の体温も計測する。

ペンギンには綿毛の分析に注力してもらった。彼は指先が使えないので、時折俺が手伝う。

セコイアには他のことをする余裕がなかったからな。体温は魔道具でちょいちょいっと測れば済むのだけど、魔力密度はそうはいかない。

いかなセコイアといえども感覚で判断しているところを数値化するわけだから、神経を使うのだそうだ。

魔力密度が彼女本来の値である20に戻ったところで作業が終了となる。計測を始めてから四時間後のことだった。

その後、セコイアにはミーシャと同じベッドで寝てもらい、俺とペンギンは綿毛の検証を続けていたのだが……明け方が近づく頃《ころ》、俺はとあることに気が付く。

「もし胞子だったら、『植物鑑定』スキルで分かるんじゃないか」ってね。

今更かよ！　と思うかもしれない。だけど、分析することでどんな物質なのか判別がつくということが頭の中にあって、情けないことに基本的なことを見落としていたんだ……。

それで、植物鑑定を行った結果、バンコファンガスという菌類であることが分かった。

キノコは植物に含まれるようで、植物鑑定スキルが発動したというわけなのだよ。うん。

現代的な分類学に当てはめると、菌類は「植物界」には含まれていない。

しかし、植物鑑定で菌類も鑑定できたのだからそれで良しだ。

植物鑑定スキルが発動したということは、バンコファンガスの特徴が全《すべ》て判明することと同意である。

頭に浮かぶバンコファンガスの詳細はこんな感じだった。

『名前：バンコファンガス
概要：食用に適さない。綿毛状の菌糸が特徴。人間、エルフ、獣人、ドワーフ、ノームなどに寄生し繁殖する。
育て方：胞子を呼気から人の体内に入れ、育成する。平均的な魔力を持つ人間が最適。
詳細：極端に魔力が多い個体、逆に少ない個体の中では生育せず胞子も活性を失うことに注意を要する……』

『育成方法からどうやって綿毛病を鎮めるかの対策は分かったけど、感染を防ぐにはどうすりゃいいとか分からんな』

『そうだね。ヨシュアくんのギフトとやらはとても便利だが、基本「食用であるかどうか」と「生育方法」の詳細が分かるといったものだから仕方がない』

『大きな前進であることは確かなんだけど……なんかこう、しっくりこないというか』

『胞子ならマスクをすれば……素材的に難しいね。ならば、空気中の湿度や温度によって活性化したり死滅したりしないのかね』

『部屋の中ならともかく、野外で調整するのは難しいかな』

『だろうね。まずは培養実験を続けよう。魔力密度によって活性化するしないが判明したのだから、至適と不活性になる基準を見極めたい。ヨシュアくんならどうする？』

『コウモリ以外の代替手段が欲しいな。できれば、丸薬がいい。一粒で魔力密度が1下がるとかそんなのが欲しいな』

『そこまでいくには困難だろう。しかし、空気感染を防ぐ手立てが確立しない限り、コウモリとセコイアくんの手動による計測ではせいぜい三～四人くらいしか患者を診ることができない』

『魔力密度を計測できる魔道具があればなあ……魔道具職人を募った方がいいか』

『街に行くと感染のリスクも高まるが……いや、ヨシュアくんとセコイアくんならば街に行っても問題ないのでは？』

『俺とセコイアの体内に入った胞子は死滅しているかもしれないよな。胞子が目に見えたらいいんだけど……うーん』

この辺りまでは覚えているんだけど、この先のことが曖昧《あいまい》になっている。

更なる議論をペンギンと交わしていた気がするんだけど、寝てしまった。

そして今に至るというわけだ。


あくびをかみ殺しつつ外に出て、朝食を待ってくれていたみんなに挨拶《あいさつ》をする。

小脇に抱えたセコイアを降ろし、食事を頂きつつ彼女に全員の魔力密度を計測してもらった。

その結果、全員が平均値を超えていたことに少し驚く。

セコイアの次に魔力密度が高かったのは意外にもエリーで、なんと70もあったのだ。

俺の予想だけど、彼女の細腕に似合わぬパワーは魔力を筋力に変換しているんじゃないかな。

『ペンギンさんは、セコイアと協力して魔力密度60、70でバンコファンガスが死滅するかどうかを確認して欲しい』

『了解した』

「ミーシャの看病も任せておくがよい」

魚を丸のみしたペンギンがげふっと息を吐きながら返事をする。

セコイアは小さな胸をトンと叩《たた》き、自信満々の顔で応じた。

「アルルはバルトロとコウモリを捕獲するとともに、食材集めを」

「はい！」

「おう、任せてくれ」

猫耳をピコピコさせ右手を真《ま》っ直《す》ぐに伸ばすアルルと親指をグッと突き出すバルトロ。

「ルンベルクとシャルには今回の件と関係がないけど、雷獣と更なる親睦《しんぼく》を深めてもらおうと思ったんだ。だけど、セコイアがいなきゃ言葉が通じないよな」

「恐れながら、その通りでございます」

ルンベルクとシャルロッテは申し訳なさそうに深々と頭を下げる。

雷獣から頂いた毛の在庫がもうないんだよな。今回の実験に必要な電力は水車だけで十分足りるのだが、雷獣の毛が損傷して使い物にならなくなったら魔力供給ができなくなってしまう。

「問題ない。あやつとは契約が成立しておる。例の樽《たる》を持っていけばよい。場所も先日あやつと落ちあったところに行くがよいぞ。ほれ、これを」

セコイアが胸元をゴソゴソして、小さな笛をシャルロッテに向け投げた。

「承知いたしました。必ずや雷獣の毛を持ち帰ります」

「お任せください！」

ルンベルクとシャルロッテが了承の意を示す。

「俺は街へと思っていたのだけど、エリーと周囲を探索するよ。ペンギンさんの実験結果が出てからエリーと街へ向かう」

昼頃には結果が出るだろうし、探索は探索で必要だからな。

「エリー、俺の護衛を頼んだよ」

「はい！　お任せください！　身命を賭《と》してあなた様をお守りいたします」

「もっと軽く……散歩感覚でね」

重い、責務が重い。

俺一人で行動するとみんなが心配すると思って配慮したのだけど、もうちょっと気楽について来て欲しい……。

エリーと探索へ出掛けたものの、ペンギンからの報告を受けることができる位置にいなきゃな。

というわけで、俺が選んだのは川原《かわら》である。しゃがみ込んでぴちゃぴちゃと水を弾《はじ》くと気持ちよい。

来年の夏はみんなで海へ繰り出したり……なんてやれたら楽しそうだ。キャンピングカーならぬ荷物を満載した馬車三台くらいで長旅しながら海を目指す。

「どうされましたか？」

後ろに立つエリーが動きの止まった俺へ問いかけてくる。

「どれくらい距離があるのかなと思って」

「距離……でございますか」

「あ、ごめんごめん。ここから海までの距離だよ。地理は不明だけど、南東へずっと進むとそのうち海へ出るはず」

「それでしたら、空からはいかがですか？」

確かに！

気球でも魔法で行きたい方向へ進むことができるし。それならいっそ、飛行船を建造した方がよいかな。

あ、そうか。空からなら地理を把握するのに丁度よい。周辺地域がどうなっているのか知っておきたいから、大まかな地図を作っておきたいところではある。

だったら、寒くなる前にガルーガかバルトロをリーダーにして、辺境を探検してもらおう。冒険好きの二人のことだ。絶対に乗ってくる。俺だって街のことが無ければ行きたいけどさ。

「空からがよさそうだ。目の付けどころがよいな！」

「そ、そんなことは。え、ええと。ひ、飛竜を捕まえてきます！」

「待て、エリー！　飛竜がこの辺に……いたな。だあ。そんなことじゃなくてだな、一人で行くとかダメだからな！　野生の飛竜が人に慣れるとも思えないし」

飛竜ってあれだろ、炎のブレスを吐いちゃったり鋭い爪で引《ひ》っ掻《か》いてきたりする超危険モンスターだったはず。

力持ちだから飛竜を担げるのかもしれないけど、相手は置物じゃあないんだぞ。

慌てて立ち上がり、両手で掴《つか》んだエリーの肩を揺する。

すると、エリーがますます動揺してしまったのか、「お、お手を」なんて呟《つぶや》いて膝《ひざ》が落ちそうになってしまった。

彼女を支え、ホッと息をつく。

「落ち着いたか？」

「も、申し訳ありません。つ、つい」

「雑談はこれくらいにして。目立ったものは見付からなそうだけど、川と川原の植物を集めよう」

「承知いたしました」

エリーと協力して片っ端から植物を鑑定していくが、目ぼしいものは見当たらない。

アルルと遊んだ葦《あし》くらいだなあ。有用な植物は。

「ヨシュア様。水の中も探しますか？」

「せっかくだし、探そうか」

長いスカートの裾《すそ》をつまむエリーを手で制し、「俺が行く」と示す。

靴を脱いで、ズボンを膝上までたくし上げてっと。準備完了だ。

水草やコケ、藻を素手で掴んでそのまま植物鑑定を実行。

おや、こいつは……。

トゲトゲした葉が生えた水草に見えたのだけど、コケの一種らしい。鮮やかな緑色をしていて、根がなく茎が岩に張り付いていた。

『名前：スギゴケ（魔力型）
概要：食べると魔力が回復する。とても苦い。魔力以外に栄養素が殆《ほとん》どない。
育て方：緩やかな水の流れがある淡水で生育する。水と魔力だけで育つ。
詳細：経口摂取し、胃で溶かせば魔力を回復することができるが、スギゴケは全体が植物の根のようになっており、どこからでも魔力を吸収するため扱いに注意』

「エリー、見つけた！　これだよこれ！」

群生しているスギゴケ（魔力型）を両手でわさーっと掴み、エリーに向け掲げる。

あ、あれ……急にくらくらしてきたぞ……。

「ヨシュア様！」

「エリー、この水草みたいなの、魔力を吸収する性質が……ある……ん、だ」

そ、そうか。俺の魔力は極小だから、ちょいと吸収されただけでこうなるのか……。あ、ダメだもう。

エリーの胸に顔を向けたところで意識が完全に飛んでしまった。


柔らかな感触が後頭部を包み込み、心地よい。頬《ほお》に誰《だれ》かの手が触れているようで、これもまた心が安らぐ。

目を開けると、慈愛の籠《こも》った笑みを湛《たた》えたエリーの顔が見える。

気を失った後、彼女が膝枕して俺を寝かせてくれていたようだった。

俺と目が合った彼女は途端に動揺し、あたふたとした様子になって……手、手に力が籠り過ぎだ！

「エ、エリー。手、手を」

「も、申し訳ありません！　つい、手を頬に」

「いや、それはよいいんだけど……と、ともかく力を抜いて……」

「……！　申し訳ありません！」

や、やっと彼女の指先から力が抜けた。

あと一歩遅れていたら、頬骨が折れていたかもしれんな。

「もう大丈夫だ。元から魔力が少ないからさ、すぐに回復するんだ」

頭をあげ、エリーに微笑《ほほえ》みかける。

すると、彼女の顔に朱がさす。

何か顔を赤らめるようなことってあったっけ？　まさか熱が出たとか。いや、熱ってのは瞬時に上がるようなものじゃあないし。

「し、至近距離で天使の微笑みは威力が高すぎます……」

「そ、そうか。き、気を付けるよ」

「いえ！　そのようなことは！　ご褒美です」

「う、うん」

ギュッと両手を握りしめるエリーの勢いにたじろいでしまった。

俺ってそんな癒《いや》されるような微笑みをしてたっけ……どちらかというと不気味だと思うんだけど。だああ。まあいい。変なことは考えず、話題を変えるのだ。

「さっき俺が拾ったスギゴケはどこに？」

「そこに置いてあります」

「コウモリでやるより、こっちの方が患者に傷をつけずに済むから衛生的だと思う。さっそくセコイアたちに届けよう」

「承知しました」

「そろそろ培養の結果も出ているかも。丁度いい」

スギゴケはこの場に放置することにしよう。

手袋をするとか、何かで挟んで袋に入れるとかしないとまた魔力を吸われてしまうからな。

スギゴケを川から出した状態で枯れるまでどれだけもつか分からないけど、そうすぐに枯れるものでもないだろ。

バケツに水を張ってその中に入れておけば数日くらいいけそうな気がする。

鍛冶《かじ》場に戻ると、俺の予想通りペンギンの培養検証が終わったところだった。

バンコファンガスは魔力密度60でもすぐに死滅したとのこと。今は魔力密度50で試しているとペンギンが教えてくれた。

魔力密度の低い場合も既に試していて、間もなく結果が出るとのこと。

となると、魔力密度70のエリーは綿毛病に感染しないし、体内に胞子を保持することもないってことか。

魔力密度の低い俺の体内はまだ不明だが、同じように死滅している可能性が高い。

『街の人と接触しに行くヨシュアくんの魔力密度5に合わせた結果も出たよ。同じく「死滅」だね』

ペンギンがフリッパーでシャーレを挟み持ってきてくれたのだが、ぷるぷるしていて落としそうだ。

『ありがとう。無理に持たなくていいから……。落としたら割れるだろ』

『そうだね。ついつい興奮してしまってね』

そっと床にシャーレを置いたペンギンがやれやれといった風に自分の頭に向けフリッパーを振るう。

他の人を感染させる危険性がないと分かった俺とエリーは街へ向かうことにした。

もちろんスギゴケのことはセコイアとペンギンに伝えてある。

閑話三　ヨシュア様を膝枕しちゃった

――エリー。

た、大変です！　大変なんです！

ヨシュア様が水草を私にお見せくださったと思ったら、くらりと体から力が抜けてしまいました。

彼が水に頭から落ちないように急いで背中から支えようと手を伸ばし……指先を何とか引っかけることができたのです。

ヨシュア様の全体重を二本の指で支え、ホッと胸を撫《な》でおろしたものの、すぐにハッと気が付きました。

ちゃんと手のひらで優しく支えなければ！　これだとヨシュア様のお体に痣《あざ》ができてしまいます。

失礼ながらヨシュア様を抱え上げ、川原《かわら》に戻りました。

このままにしておくわけには……そう思うと自然と体が動いていたのです。

「ひ、膝枕なんてしてしまいました……い、いいんでしょうか」

気が付いたら膝枕をしていたの！　け、決してやましい気持ちからじゃあないんです！

固い地面に彼を寝かせるわけにはいかないじゃないですか？

だから、私が直接支えないといけなかったんです。た、確かにあまり褒められた体じゃありませんが、それでも地面よりはマシなはず、ですよね？

しばらく、そのままヨシュア様の凛々《りり》しい寝顔を眺めていました。

綺麗《きれい》な髪ですよね。ヨシュア様。髪の毛を切るのが勿体《もったい》ないと言っていたメイドたちの気持ちが痛いほど分かります。

でも、メイドたちが遠慮してくれたから、私が彼の髪を切ることを許されたんですよ。ですので、ローゼンハイムに残してきた彼女たちには今でも感謝しています。これからもずっとあなた様の髪を切らせてくださいね。

あなた様の髪を切ることは、エリーの沢山ある喜びの中でも最上位の一つです。

そ、そうではなくて。

膝枕、膝枕でした。

「……い、いえこれは……虫です。そう、虫がいたんです」

ヨシュア様の髪の毛に指先が触れていたのは、私が触れたかったからじゃないんですよ。

手を放すと、今度はヨシュア様の華奢《きゃしゃ》な首筋に目がいってしまい……。

男の人のがっしりとした首は苦手なのですが、ヨシュア様は別です。どれだけでも眺めていられます。

すっと通った鼻筋も、血色がなく白磁のような頬《ほお》も。

血色がない……？

こ、これはよろしくない事態なのではないでしょうか。

こんな時、ヨシュア様は何とおっしゃっていたのかを必死に思い出します。

そうでした！　体温を測るんでしたね。

となれば……。ゴクリと喉《のど》を鳴らし、ぎゅっと手を握り開きました。

彼の様子を確かめようと頬に触れ、う、ううん。これでは分かりません。

な、ならばと、今度はひ、額に手を伸ばそうと――。

パチリ。

ヨシュア様の意識が戻りました！

で、ですがタイミングがとても悪いですうう。わ、私がやましいことをしようとしていた、なんて思われてしまいます。

「エ、エリー。手、手を」

きゃあ！　や、やっぱり、そう思われてしまいましたあ！

「も、申し訳ありません！　つい、手を頬に」

平身低頭、心の底から頭を下げ、謝罪しました。

ところが、お優しいヨシュア様は気にされた様子もなく、温かい言葉をかけてくださったのです。

「いや、それはよいんだけど……と、ともかく力を抜いて……」

「……！　申し訳ありません！」

再び謝罪しつつも、胸が高鳴って仕方ありませんでした。

ヨシュア様はいつもいつも私をドキドキさせてしまうんです。

第五章　これがカガクの力だ

誠に遺憾ながら街の中央大広場へ顔を出す。

後ろからひょろい像が俺を見守っているが、決して振り向いてはならない。

あの像さ、見るたびにパワーアップしてるんだけど、一体誰が……。そのうち夜になったらライトアップされたりしないだろうな。

俺が来たことが伝わったのか、領民が続々と集まって来る。

広場に行くことにしたのはこれを期待してのものだ。俺とエリーならば胞子を持ち込むこともないことが分かった。

なので、聞いて回るより集まってもらい一気にと思ったってわけだ。

どこからともなく演壇が出てきて、どうぞとばかりに屈強な領民二人が膝《ひざ》をつき片腕を演壇へ向ける。

たらりと冷や汗を流しつつも彼らに礼を言って、演壇に登った。

うーん、どうしようか。「お尋ねしたいことがあります」といきなり聞くのもちょっとなあ。

集まった群衆の期待の籠った目線が痛い。

「親愛なる領民諸君。諸君らの献身的な働きにより街の整備が進みつつある。収穫の時期も近い。

よりいっそうの働きを、とは言わない。これまで通り頼む」

挨拶《あいさつ》代《が》わりに領民を労《ねぎら》うと、割れんばかりの拍手と歓声がまき起こる。

熱の籠った領民たちが、俺がすっと手をあげたら水を打ったようにシーンと静まりかえった。

ほんと、よく訓練された領民たちだよ。いつの間に統制が取れるようになったのか分からないけど……最初からだったよな、確か。

自然と静かになってくれているのかな。俺の一挙手一投足を見守っているからこそのワザ？

……すげえな。さすがカリスマ公爵……あ、今は辺境伯だった。

と、人ごとのように考えている場合ではない。彼らが次の言葉を待っている。

よし、決めた。いずれ伝えなきゃならないし、治療の目途もついてきていることだし。

「諸君らに、困難を伝えねばならない。病魔が街へ迫ってきている。聖なる力を持たぬ私では、病魔そのものを滅することはかなわない。だが、諸君！　諸君らの辺境伯は、このまま嘆くだけだろうか？　諸君らに『座して待て』と言うだろうか？」

「辺境伯様ならば、聖魔法などなくとも！」

「我らのヨシュア様とならば、どこまでも！」

「ヨシュア様！」

「辺境伯様！　万歳！」

再び手を上にあげ、静かになってもらい、大きく息を吸い込む。

「我々は病魔を克服しなければならない。神の力ではなく、我らの力だけで。だが、臆《おく》することはない。我らの力を合わせればおよそ不可能なことなどないのだ！」

ウワアアアアア！

どこから声を出しているんだと思うほど、今日一番の大歓声が鼓膜を揺らす。でも言ってよかった。この様子ならば、病魔を憂い人心が揺らぐこともないだろう。

「最初に諸君らの中に体調の優れない者がいれば、この場で名乗り出るには衆目もある。だから、この後に必ず伝えに来てくれないだろうか。心配せずとも必ず完治する。症状が酷《ひど》くなる前に臆《おく》せず申し出て欲しい」

神妙な顔で頷《うなず》く領民たちを見やり、言葉を続ける。

「諸君らに頼みたい。領民の中に魔道具職人はいないだろうか？」

問いかけると領民たちがそこかしこでお互いに囁《ささや》き合い、数人が何か思い当たったようで走っていく姿が見えた。

演壇から降り、しばらく待っていると数人が急ぎ足でこちらにやって来る。

彼らから押し出されるようにして、深緑の長い髪を後ろで括《くく》った眼鏡をかけた若い男がペコリと頭を下げた。

ピンと尖《とが》った長い耳に華奢な体つきから、彼がエルフだと分かる。青年に見えるけど、見た目通りの年齢じゃないんだろうな。

エルフは長命種族として有名で、三百年くらいは生きると聞いている。長命といえば、ドワーフとノームも二百年近くと聞くし、ガラムとトーレも百歳を超えているのかもしれない。

狐耳《きつね》？　あいつは謎だ。触れてはいけない闇《やみ》なので、聞いちゃあだめだぞ。

「初めまして辺境伯様。ティモタと申します」

「呼びだてしてすまなかった。病魔に対応するにどうしても魔道具職人が必要なんだ」

「辺境伯様が必要とされているのでしたら、不肖の身ではありますが、喜んで誠心誠意お手伝いさせていただきます」

「仕事もあるなか、協力の申し出ありがたい。早速だけど、説明させてもらってよいかな？」

「はい。ですが、よろしければ工房までご足労いただけませんでしょうか？」

「おお、もう工房があるのか！　素晴らしい。是非、伺わせて欲しい」

「まだ稼働し始めたばかりではありますが」

謙遜《けんそん》するティモタにいやいやと首を振り、先導する彼の後ろにエリーと共に続く。


ティモタが進む先は商店街区域だった。

巨大な倉庫代わりの建物のすぐ裏手に、いつの間にか屋根が平らな長方形の箱に見える建物が立っていたのだ。

日々建物が増えているから、一週間ぶりに街へ繰り出したりすると街が様変わりしている。ずっと領民が増え続けているのだから、当然と言えば当然だ。

それでも、最初に決めた大通りと碁盤目のように計画した路地は守られている。

この辺りはシャルロッテの指示で進めているんだけど、彼女がいい仕事をしているってことだな。

さて、ティモタに案内された建物だが、外観は非常にシンプルな作りで、基礎になる丸太がそのまま見え壁もデザインなしのただそのまま塗っただけのモルタルといった感じである。

広さは一般家屋の四倍くらいだろうか、平家作りで二階部分はない。

とりあえず建てました感が出ていたこの建物だが、中に入ると少しビックリした。

木製のパーティションで六つのスペースに区切られていて、各々に職人らしき人がいたんだ。案内してくれたティモタは右奥を使っているとのこと。

黙々と作業をしていた職人たちだったが、俺が来たと分かったのかガタリとした音が聞こえた。

全員が入口まで来てくれたわけだが、十歳くらいの少女がティモタの後ろに隠れるようにして、顔を半分だけ見せる。

チラチラとした視線を感じ、苦笑すると申し訳なさそうにティモタが頭を下げた。

「娘さんかな?」

「はい。マルティナと言います。辺境伯様の大ファンでして」

「は、はは。マルティナ。よろしくな」

中腰になって挨拶《あいさつ》をすると父と同じ長い緑色の髪を揺らし、顔を引っ込めてしまうマルティナ。

そのままの姿勢で彼女の様子を窺《うかが》っていると、再び顔を出し今度はとことこと前に出てきた。

やってきたはいいが彼女はまだ緊張しているのか、ティモタと同じ長い耳をペタンと下げ唇が震えている。それでも、俺に向け小さな手をまっすぐ伸ばして。

対する俺は彼女の手を握り、精一杯の優しげな笑顔を向けた。

不気味な気がするけど、気にしたら負けだ。隣に立つエリーに顔を逸《そ》らされてしまったことなんかも、気が付いてないふりをしてやり過ごすのだ。

これはよい笑顔、笑顔なのだ。慈愛の籠《こも》った菩薩《ぼさつ》のような……。

「よ、よ、しゅ、あ、さま」

「うん。ヨシュアだよ。君のパパにお願いがあってここに来たんだ」

「ま、まる、てぃな、ね。よ、よしゅあ、さまにた、すけ、てもらっ、たから」

緊張からたどたどしくなっているのかと思ったけど、そうではないらしい。

ぶつぶつと途切れ途切れに話すマルティナは真剣そのもので、俺もちゃんと応じねばと思った。

相手が子供だからなんてことは関係ない。

俺と彼女は初対面のはず。でも、彼女が俺に助けられたということを疑ってはいない。

となれば、俺が公国時代に実施した「何か」で間接的に彼女を危機から救ったってことだ。

ティモタ一家が公国に住んでいたことは間違いないだろうけど、俺のどの政策で救われたと言っているのかまでは分からないな。

「マルティナが今、元気でいてくれる。俺にとってそのことが嬉《うれ》しいよ」

「よ、しゅあ、さま。やっぱ、り。やさし、い」

必死で俺に想《おも》いを伝えようとする彼女が愛《いと》おしくなって、つい抱きしめて頭を撫《な》でてしまった。

いくら相手が子供だとはいえ、いきなり抱きしめたのはまずかったかも。

と内心思っていたが、マルティナはひしと俺にしがみつき気持ちよさそうに目を細める。

「マルティナは二年前、痙攣《けいれん》が酷《ひど》くなり衛生局の懸命な治療で回復したのです」

マルティナに優し気な目を向けるティモタ。

そうか、衛生局が彼女の命を救ってくれたんだな。こうして救われた人を前にすると、無理矢理予算をねん出して設立してよかったと思えた。

我ながら現金な奴《やつ》である。ははは。

衛生局には優秀な人材を揃《そろ》えることもできたし、今も辣腕《らつわん》を振るっていることだろう。

綿毛病だって彼らにかかれば既に克服しているに違いない。

トップは変人だけど……腕は確かだからな。

あれでも一応伯爵なのだから、世の中分からないものだ。

「つい、撫でてしまってすまなかったな」

「いえ！　ヨシュア様に直接触れていただけるなど光栄の極みです」

マルティナから体を離し、謝罪するとティモタがすごい勢いで言葉を返してきた。

エリーまでうんうんと頷《うなず》いているし。

「エリー？」

「……け、決して羨《うらや》ましいなどと思っていません。いませんので」

「お、おう……」

むうと眉《まゆ》をひそめて否定するエリーが必死過ぎて笑いそうになってしまう。

「よ、よしゅ、あ、さま」

「パパと少しお話ししていいかな。後でまた食事でも一緒に」

「う、ん！」

マルティナが満面の笑みを浮かべて、とてとてとティモタの下に戻っていく。

彼女は病の後遺症で喋《しゃべ》ることが難しくなったのか、いや、そこは俺が詮索《せんさく》すべきじゃあないな。

「狭苦しいところではありますが、私の工房までお越しください」

「うん。是非見せてもらいたい」

歩きながらティモタがこの建物について説明してくれた。

ここは職人たちの寄り合い所みたいになっていて、それぞれ専門に扱う分野が違うのだそうだ。

ここ以外にもいくつかこのような建物があるらしく、日常生活に欠かせない道具を中心に製作に励んでいるとのこと。

シャルロッテがポールに相談し職人たちに一刻も早く動いてもらうために提案したという。

確かにそれぞれの工房を作っていては時間がかかる。いずれ彼らはそれぞれの工房を持つことになるのだろうけど、せっかくの職人たちだ。動いてもらった方が断然良い。

特に農具と土木関連、建築関連の道具と建材や魔道具の修理といったことが滞れば、生活と市政計画に支障をきたす。

順調なインフラ整備は彼らの活躍があってこそってわけだ。

小さな椅子へ座るよう案内され、座る俺の横にエリーが立つ。

対面には作業用の椅子に腰かけたティモタと彼の膝の上に乗るマルティナ。

「私は辺境伯様が抱えておられるトーレ殿ほどの繊細な腕を持ちませんが、日用品に使われる魔道具でしたらこれまで多数作ってきました」

恐縮したようにそう前置きするティモタに対し、誠実な人なんだなという印象を抱く。

自分の腕に驕《おご》らず、謙遜する姿勢に日本人的なものを感じ、懐かしい気持ちになった。

「作って欲しいのは魔力密度を測定する魔道具なんだ」

「魔力密度……ですか。それならよく存じ上げております。衛生局の方がマルティナの魔力密度を何度も計測しておりましたので」

「おお。どんなものか知っているのなら話が早い」

「仕組みは分かるのですが、数値をどのように区切ればよいのか私では」

「なるほど。それなら、セコイアに協力してもらわなきゃだな」

「力不足で申し訳ありません。ですが、ヨシュア様が病を克服するとおっしゃった時、少しでもお力になれたらという気持ちだけは誰《だれ》にも負けていないつもりです」

「ありがとう。数値の調整だけなら大した問題じゃあないさ。謙遜し過ぎるのもよくないぞ」

「恐れ入ります……」

ティモタは自分の娘のことがあるから、気負っているのだろう。

だけど、俺は彼が腕の悪い職人だとは思わないんだ。

現に魔力密度計測の数値調整以外は作ることができると言っているじゃないか。

「最低十本、できれば三十本ほど魔力密度測定器を作ってもらいたい。細かい数値の調整は後からでもできるものなのかな?」

「はい。そこは問題ありません」

「分かった。セコイアは病の克服に協力してもらっているから、スケジュールを見てここに連れて来る」

「承知しました。セコイア様にもよろしくお伝えください」

「他にも仕事を抱えているなか、ありがとう」

ティモタとがっちりと握手を交わし、その場を後にする。

◇◇◇

ティモタに魔力密度測定器を依頼してから五日がたとうとしている。

感染者の拡大を懸念していたところ、やはりというかミーシャの父親、母親が続いて発病の兆しを見せた。

ミーシャと並んで彼ら用のベッドを置いたのだけど、部屋がギチギチになってしまう。

一方、病魔研究は順調に進んでいて、特にシャーレの実験が効果的だった。

綿毛病の原因であるバンコファンガスの胞子は魔力密度10で活性を失い、7を下回ると死滅し始める。

魔力密度を下げる方法は、体を傷つけてしまい他の感染症の危険があったコウモリからスギゴケ

（魔力型）に切り替えてミーシャに試していた。

スギゴケ（魔力型）は取り扱い注意なんだぞ。わさっと掴《つか》んで倒れてしまった人もいたからな。

というわけで、セコイアにミーシャの体の状態を見てもらいつつ、慎重に慎重にスギゴケ（魔力型）で魔力密度を減らしていった結果、ミーシャの体は魔力密度6までなら安全に下げることができることが分かったのだ。

ならすぐにミーシャが回復したのかというとそうではない。

誰でもそうなんだけど彼女も例外ではなかった。つまりだな、寝ていると魔力密度が自然回復してしまうことが、大きなネックだったんだよ。

魔力密度を減らし病魔が消えて体が楽になると、これまで溜《た》まっていた肉体的疲労がどっとやってくる。

人体は体力を回復させようと、「眠れぇ」と信号を出す。

ここで寝てしまうと魔力が急速に回復し、死滅しかけた胞子が再度息を吹き返してしまうんだ。

この調整に昨日《きのう》から取り掛かっているってのが、綿毛病克服の進捗《しんちょく》といったところ。

「両親は発症初期段階のうちに対処開始。ミーシャの魔力密度は十分ごとに計測っと」

眠るミーシャと彼女の両親の前で一人ぶつぶつとメモを取る。

次にティモタ作、監修セコイアの魔力密度測定器をミーシャの額に引っ付けた。

魔力密度測定器は、百円均一で売っているような六角柱の万華鏡に似ていた。トイレットペーパーの芯《しん》くらいの大きさと言った方が分かりやすいか。

下面で対象にぴったりと触れ中央にある赤い丸印に魔力を込めると、上面に魔力密度の数値が浮かびあがる。

デジタルっぽい数字表現で何だか懐かしい感じがした。公国で使っていたものはアナログ式で側面にある体温計のメーターみたいなのが数値を示す。

個人的にはティモタ作の方が好みかな。

「魔力密度12か。前回の睡眠時より回復速度が上がっているな。平常時を計測していればなあ」

回復速度が上がったということは、バンコファンガスの胞子量が減った可能性が高い。ミーシャの全身から生えていた綿毛量が大幅に改善したことも見て取れる。

まだポツポツと生えてきてはいるものの、綿毛の成長も鈍く量も少ない。

綿毛量と対照的に彼女の体力はぐんぐん回復し、体温も微熱となっていた。

確実に彼女の病は終息に向かっている。

そのことにホッとしているけど、油断は禁物だと自分の心を律する。

彼女が起きたら体調をチェックし、一気に胞子を死滅させてやるんだ。胞子の完全死滅までに要する時間は魔力密度6で十八時間である。ちなみに7だと六十時間くらいかかり、5になれば六時間程度になるのだ。

4だと二時間もかからない。これは全《すべ》てシャーレ実験の結果からであることは言うまでもない。

ペンギンの鋭意努力に感謝感謝だな。

ミーシャは魔力密度を6まで下げることができるから、十八時間起きてもらわなきゃならない。

スギゴケ（魔力型）で自然回復する魔力を6に保てるよう調整するんだ。

スギゴケ（魔力型）での調整はかなり慣れてきた。でも、個人差があることも考慮し、彼女の両親に使う場合は慎重にやらないと、だ。

パタン――。

安堵《あんど》のため息をついた時、扉が開きセコイアが顔を出す。

「ヨシュア。交替しようかの」

「助かる。次は長丁場になるものな。ペンギンさんは実験中かな」

「うむ。試薬が欲しいとな」

「俺が頼んだんだ。『倒れない程度に』と言っておいたんだけど、大丈夫かなあ」

「宗次郎《そうじろう》はキミやボクと同じじゃ。研究にのめり込むと一心不乱となるぞ」

俺はそうでもないのだけど、ペンギンの時間管理をしておくべきだったか。

一応、寝てはいるし彼もいい大人だから自己管理くらい自分でと思っていた。これまでもそうだったしなあ。

「試薬という発想もカガクかの。魔力測定の魔道具、スギゴケを併用すれば魔法の素養がない者でも綿毛病に対処できるようになるのお」

「うん。試薬を使って綿毛病に罹患《りかん》しているかいないか分かるようになれば、症状が出る前に対処できるだろ」

「うむうむ」

セコイアとにしっしと頷き合う。

試薬を頼むと言ったものの、ノーアイデアなんだよな。ペンギンなら何か浮かぶかもと思ってのことだ。

額へ張り付けたらリトマス試験紙みたいに色が変わるとか、そんなお手軽なものがあれば非常に助かる。

だけど、いかなペンギンでも難しいと思う。できればラッキー程度に考えておこう。

実は俺でも思いつく胞子の発見方法はある。

それは、顕微鏡での検査だ。しかし、微細な胞子まで見ることのできる拡大率がある顕微鏡の構造がまるで分からんので考慮対象から外した……。

虫眼鏡なら分かるんだけどさ。中央が膨らんだレンズだよな？　この世界にも既にあるものだから、ルーペ虫眼鏡ならば問題はない。

領民の誰かから探して来るなんてことをしなくても、鍛冶《かじ》場の中に既にある。

それも、俺の手元に。

虫眼鏡を掴み、手のひらを覗《のぞ》き込んでみる。

指紋がよーく見えるぜ。胞子？　そんなもの見えるわけがない。ははは。

この時の俺は後に顕微鏡を使うことになろうとは思いもしなかった。

「ふああ」

乾いた笑いがあくびに変わってしまった。

「添い寝してやりたいところじゃが、すまんのお。こやつらを見なければならぬからな」

「そいつはどうも。ペンギンさんと少し寝るよ」

きっと彼は寝ていないだろうから。

無理にでも睡眠を取らせないと。

むぎゅうう。

いつの間にか背後に回ったセコイアが俺の背中に張り付いていた。

「ま、待て。首を掴んだらダメだ」

「宗次郎ばかり構いおってええ！」

「あ、あかん。セコイア、ダメ、マジ……」

い、息が……かゆ、うま……。

ベッドに寝転がる前に俺の意識は遠くなっていった。

なんか、このパターンが前にもあったような……。


『ヨシュアくん。そろそろだ』

『んー。むにゃむにゃ。あと二分ー』

『会社に行かなくていい。君には他の役目があるだろ』

『おお。会社が休みかー。最近土日も休んでなかったからな』

『何を言っているのかね？　君には元より土日祝日もなければ、盆も正月もない』

『いやだあああ！』

あ、あれ。

ペンギンが俺の枕元で「よお」とばかりにフリッパーを上にあげる。

『ペンギンさん、俺に何か言ってなかった？』

『いや、何も言ってないさ。私は君を待っていただけだよ』

『そうだったんだ。そんなに眠っていたのかあ』

『そうだね。そろそろセコイアくんと交替の時間だ』

『よっし、一丁やりますか』

起き上がって「んー」と伸びをした。

やるぞお。

このターンでミーシャを全快まで持っていくのだ。


「ミーシャ。今から俺がよいと言うまで寝ずに起きていて欲しい」

ミーシャはコクリと小さく首を縦に振る。とても神妙な顔つきで。

子供に対し必要以上に緊張させてしまったかと、彼女を安心させるべく手を伸ばす。

そこへ先んじてペンギンが後ろ足の水かきを浮かせてぷるぷるさせながらも、フリッパーをベッドで座るミーシャの頭に乗せた。

ペンギンの辛《つら》そうな体勢がすぐに分かった彼女は、背筋を丸くして頭を下に向ける。

そんな彼女からは緊張したおももちが無くなったように見えた。ペンギンの滑稽《こっけい》な様子にくすりときたのだろうか。

『なあに。私たちも一緒だ。何も憂えることなんてないさ』

「ペンギンさん？」

ミーシャの頭にハテナマークが浮かんでいるようだった。

おっと、セコイアがいないから通訳が……。

「俺たちが一緒だから安心してって」

「うん！」

ペンギンの言葉を通訳すると、彼女はペンギンのフリッパーを小さな両手で掴んでひまわりのような微笑みを見せたのだった。

さてと。現在時刻、朝の四時半。夜明けまでまだ今しばらくの時間を要する。

今から十八時間……ええっと二十二時半まで彼女と共に過ごす予定だ。

いっぱい寝たし、俺は余裕、余裕。

セコイアも昼前には起きてくるだろう。

『ペンギンさん、外に連れ出すことは良くないかな？』

『明るくなってからなら問題ないと思うよ。散歩程度に留《とど》めておくべきだがね』

だよなあ。通常ならば、体力の回復してきているミーシャを気分転換も兼ねて外に連れ出すことは問題ない。

だけど、今回の肝は魔力密度だ。

彼女が外で散歩した結果、体力的に変化が無くとも魔力の取り込み具合が変わるかもしれない。

『うーん。動くと魔力の動きが変化するかもだもんな。計測時と同条件であることが望ましい。セコイアが来てからかなあ。外出は』

『魔力は空気中にも浮かんでいるのだから、外とここでは微量ではあるが魔力環境が異なる。ならば、念には念を、だね。承知した。その方針でいくとしようか』

ペンギンとコンセンサスが取れたところで、ミーシャに向けにこりと微笑《ほほえ》む。

「座っていてもできる遊びをいくつか用意したんだ」

「ほんと！　やりたいです！」

「よおし、少し待っててて。持ってくるから」

エリーとアルルに作ってもらったんだよね。

リバーシ、すごろくが三種類、折り紙に粘土……などなどだ。

確かこの辺に……。お、エリー発見。

パタパタとお仕事をしていたけど、手招きして彼女にも加わってもらうことにした。

彼女もまた絶対感染しないメンバーの一人だからな。

こういう遊びは人数が多い方がよいってもんさ。

「いかがいたしましたか？　ヨシュア様」

「今日は家の中で缶詰だからさ。エリーの護衛が必要ないじゃないか」

「は、はい……誠に残念ではありますが」

「それで家事をしてくれていたんだろうけど、元々、俺の護衛をするつもりだっただろ」

「左様でございます」

「じゃあ、一緒にこれで遊ぼう」

「遊び……ですか」

真面目《まじめ》なエリーは「遊び」なのが引っかかるのか人差し指を顎《あご》につけ、首をかしげる。

「いやいや、遊びといってもミーシャが全快するかどうかにかかわることなんだ。彼女が眠気を感じないよう盛り上げるのが『仕事』ってわけだよ」

「承知しました」

ようやく口元に僅《わず》かな微笑みを見せてくれたエリーが了解したのだった。


ミーシャとペンギンの下へ戻った俺はさっそく持ってきた素敵グッズを広げる。

「まずは『すごろく』から行きたいと思います」

勝手に宣言して、みんなの同意もとらぬまま畳んだ板をパタパタと開いていった。

某有名ボードゲームを元にしたこいつはもうすごろくという枠を超えている。紙幣も作ったし、へ、へへへ。人の一生をテーマとした作品だ。

いつの間にこんなものを、と思うかもしれない。

こいつは公国時代に寝る間を惜しんで……作ったわけではない。娯楽商品としていい感じに市場へ出せないかなあと思って作ったサンプルなんだよ。

もちろん、俺一人でちまちまと作っていては、激務続きの当時の俺じゃあ時間が足りない。

そんなわけで、経済を担当していたグラヌールと彼の部下にも手伝ってもらって完成したわけだが……一つ作るのに手間がかかり過ぎることに完成してから気が付き、お蔵入りとなった。

気が付くまでに四つもバージョン違いを作ってしまったというある意味「黒歴史」な一品だ。

『ほう、これは人せ……』

『だああ。その先は言っちゃあダメだ。ペンギンさん。これは似て非なるもの』

『そうかね。エリーくんはともかく、ミーシャくんはルールも知らないのでは？』

「うん。ゲームのルールを説明するところから始めよう」

ここで公国語に切り替え、みんなに長方形のキャラメルのような駒《こま》を配りながらボードゲームの概要を説明する。

ルールは簡単。二個のキューブ型のサイコロを振って、出た目を進んで行くだけ。止まったマスによっていろんなことが書かれているので、その指示に従っていけばいい。

途中で、冒険者や鍛冶職人なんかに転職したりして、結婚し子供が生まれ、ゴールを目指す。

最後は一番ゴルダを持っていた人が優勝となる。

「習うより慣れろだ。早速やってみようか」

「はい！」

「承知いたしました」

ミーシャとエリーの声が重なった。

――しばしの時間が経過……。

「ゴールしました！」

エリーがゴールまで到達し、俺以外は全員終了してしまう。

俺、俺はだな……。

『ヨシュアくん以外、全員ゴールしたので清算して終わりだね』

「開拓村からまだ出ていないのに……」

そうなのだ。

資金が少なかったから一発大逆転を狙《ねら》ったのだけど、そううまく行くはずもなく、強制労働ゾーンで順番が回ってくるたびサイコロで小銭を稼いでいた。

その後、もう一回やるも、またしても開拓村送りになってしまう。

他の人の順位は入れ替わったんだけどねえ！

食事を挟んで、別バージョンのすごろくで遊んでいたら日が暮れてきた。

すげえ、時間を忘れて楽しく遊ぶことができたじゃないか。

こんなところで役に立つとは手間暇かけた甲斐《かい》があった。何が起こるか分からないな。持ってきてよかったすごろく。

トランプも公国から持ってきたらよかったなあ。

そのうち作られるだろうけど、まだまだ紙の供給が進んでいないから普及するまで時間がかかるだろう。

その前に市場経済をスタートさせなきゃだけど。

そんな感じでセコイアも加わり、順調に時間が過ぎていく。

十八時間が経過するまであと少しだ。

「いや、気分転換に外へ出ることもなく、熱中した時間を過ごせたのはいいんだけど……」

セコイアが戻ってからも、結局そのまますごろくを続けたんだよ。

三種あって、一回終わるまでに二時間近くかかるからセコイアを加えてもう一回となると、かなりの時間が経過する。

しかし、しかしだな。

『開拓村のヨシュアくんになっていたね』

『すごろくの中でもゴールできずに働かされるエンドなんてあんまりだ』

『現実世界ではゴールできるさ』

『そ、そうかな』

『そうだとも』

慰めてくれるペンギンを思わず抱きしめた。

対する彼は俺の背中にフリッパーを伸ばそうとしたのだけど、短すぎて脇腹《わきばら》を少し過ぎたところまでしか届かない様子……。

「ヨシュア様。私が代わりに開拓村で働きます！」

「それならボクも」

　エリーとセコイアが駒をつまみ、ゴールのマスから俺の定位置である開拓村のマスへと動かそうとする。

「ミーシャも、ヨシュア様と一緒です！」

　彼女らに合わせミーシャも駒を掴《つか》む。

　いやいや、そういうことじゃあなくてだな。

　ま、まあいい。気持ちだけありがたく頂いておくとしよう。

「とまあ、冗談はさておき……頑張ったな。ミーシャ」

「もういいの？　ヨシュア様。ミーシャまだ大丈夫です。ヨシュア様たちが遊んでくれるから」

「無事十八時間が過ぎたよ。これで完全に症状が治まれば、病魔を克服したと見ていい」

　ミーシャの頭を撫《な》で、優しく微笑《ほほえ》む。

　しかしペンギンが、フリッパーを上にあげ待ったをかけた。

『ヨシュアくん。せっかくだ。検体を取って検査しよう』

『え？　試薬ができたの？』

『いや、試薬……ではないのだが。説明するより見た方がいいだろう』

　ペンギンがぺたぺたと扉口に向かおうとするが、セコイアが彼を抱えエリーが扉を開けた。

　彼はそのままセコイアに運ばれて行く。おっそいからな、地上でのペンギンは……。

抱きかかえられても足をぱたぱたさせていたけど、あれは進みたい気持ちを表現しているのかな。真実はペンギンのみぞ知る。

『待たせたね』

セコイアに後ろから抱えられた姿で戻ってきたペンギンが両フリッパーで手のひらに収まるくらいの小箱を持ってきた。

あのサイズだとフリッパーがギリギリみたいで、先端に思いっきり力が入っているようだった。フリッパーがぷるぷる震えているんだもの。

『それは？』

『こいつは魔道具さ。簡単な仕組みだから、トーレさんに作ってもらったのだよ。だが、出力が必要だったため、水晶の魔石を使っている』

「へえ」

水晶は通常の魔石に比べ二十倍の魔力を溜《た》め込むことができる。高出力の電池みたいなものだ。

小箱を受け取った俺は、パカンと蓋《ふた》を開けてみた。

中は小さな水晶がはめ込まれていて、中央に小さなシャーレが設置してある。

あ、ピンと来た。

『なるほど。発想の転換か。すごいや、ペンギンさん』

『試薬は難しいため、シャーレを小型化することから始めてみたのだよ』

俺たちのやり取りに対し、コテンと首をかしげるエリーとポンと手を打つセコイア。

『シャーレでバンコファンガスの胞子を培養する手法は知っての通りだ。この箱は魔石から魔力を出力し、箱の中を一定の魔力密度に保つ魔道具ってわけだ』

『その通り。さっそく、ミーシャくんの口内から検体を採取してくれないかな？』

「よっし。ミーシャ。口をあーんとしてもらえるか？」

ミーシャは素直に大きく口を開く。

そこへ、エリーが小さなスプーンを彼女の口に入れ、頬《ほお》の裏側を擦《こす》る。

「ヨシュア様」

「ありがとう」

シャーレの蓋を開けてスプーンを擦り付けた。

そこへセコイアがぽっけから出した小瓶から液体を三滴ほど垂らす。

「それは？」

「宗次郎が胞子を見やすくする試薬とか言っていたの」

「いつの間に……綿毛まで育たなくても胞子が分かるのか」

『その通りだよ。ルーペもあるから、これまでより早く結果が分かるだろう』

ペンギン曰《いわ》く、二時間以内に胞子が確認できなければミーシャの体内にある胞子は死滅したと断定できるとのことだ。

先ほどの液体で胞子は薄い赤色に染まるのだと言う。色がついた胞子を見てみたいところだけど、今回は勘弁して欲しい。

「よし、今日のところはこれにて解散としよう。俺はもう少し起きているよ。結果が見たいからね」

「ならボクはミーシャの様子を見守っておく」

『私はヨシュアくんと観察をしようかね』

「でしたら、私はみなさんに何か飲み物を持ってまいります」

セコイア、ペンギン、エリーがそれぞれ自分のすることを述べた。

ミーシャには寝てもらうことにして、今しばらくの時間が流れる。

ミーシャと彼女の両親の看病はセコイアに任せ、俺とペンギンは小箱の蓋を閉め今か今かと待ち構えていた。

間もなくエリーが紅茶を持ってやって来て、彼女も交えてリラックスした時間を過ごす。

ホッとすると眠気が襲ってきてあくびが……。

「ふわあ」

俺のあくびにエリーもつられたようで、可愛《かわい》らしく口元に両手をやり目から涙がにじんでいた。

机の上に魔法で針が動く懐中時計と小箱を置き、ついでと言っては何だがペンギンも置物のように机の上に乗っかっている。

紅茶の入ったカップまであるものだから、ペンギンを動かすか迷う。

うーん。彼の発案で作られた培養用の小箱だし、特等席で見ることを妨げたくないな。

よし、彼のことは、そのまま放置で。

『ヨシュアくん。そろそろかな。開けてみてくれたまえ』

『おう！』

そろりと小箱を開け、シャーレの様子を確かめる。

『うん。これなら大丈夫だ。ひとまず、「綿毛病」に対する最低限の対処はできたと見ていいだろう』

『やったな！　みんなで知恵と力を出し合い、迅速に対応することができた』

ペンギンとハイタッチし、続いてエリーへ手を向けた。

彼女はおずおずと肩口辺りへ手のひらをあげる。そこへ、俺の手を合わせにーっと笑みを浮かべる。

ぽっと頬を染めた彼女が顔を逸《そ》らしてしまった。

「やったのじゃな。カガクの力、存分に見せてもらった。不謹慎じゃが、非常に興味深かったの」

ミーシャの母親から目を離さぬまま、セコイアが嬉《うれ》しそうな声をあげる。

「少しでも体調に変化が現れた領民は小箱を使って検査をしよう。そのために小箱を量産しなきゃだな」

「うむ。魔力密度測定器も、もう少し数が欲しいところじゃ。一番の難点はスギゴケじゃなあ」

「あれは生ものだからなあ。水につけておくと多少はもつけど」

「薄い魔力で保てるのならば、水の中に魔石でも突っ込んでおけばどうじゃ」

「そのまま突っ込むだけだと難しいんじゃないか。能動的に魔石から魔力を出力させなきゃ」

「それならば、小箱の仕組みを使えばよいじゃろう」

「あ、そうか。うんうん」

全《すべ》ての道具・素材について目途がついた。

あとはパニックにならぬよう、「綿毛病」の流行を収束させれば片が付く。

◇◇◇

ミーシャの両親は早期発見が功を奏し、綿毛の症状が僅《わず》かに出ただけで回復した。胞子そのものを死滅させてしまえば、回復も早く熱など他の症状も出なくなる。

綿毛病の特徴は健康であろうが体調不良であろうが構わず感染することにあるんだ。

綿毛病の在り方は、病気は免疫力が落ちたところで罹患《りかん》するという俺の中にあった常識を覆した。

だけどまあ、元々健康だった人が患者の場合、胞子さえ死滅させれば翌日には通常通りになるから
やはり普段から健康第一は悪いことじゃあない。

なので、俺もしっかり睡眠をとるべきだ。え？　魔力密度が5だから綿毛病の心配はないだろうって？

ま、まあそうなんだけど。風邪を引かないようにちゃんと休まないとだろ？　ははは。

あああ。眠りてえ。

そんなわけで、屋敷に戻ってきたことだし、二週間ぶりの自室でベッドインしようじゃあないか。

「ただいまマクラ～」

まだ昼前だけどね。そんなもの構うもんかー。俺は自由だー。

ぶわさあ。

ベッドにダイブし、頬をシーツに擦り付ける。

バネがあればもっと快適にぽよんぽよんするのだろうけど、贅沢《ぜいたく》を言っちゃあいけない。バネの仕組みは分かっているし、素材もある。

生産体制の構築さえすれば……ふかふかぽよよんベッドで惰眠を貪《むさぼ》ることができるな。ぐふふ。はやく実装しなければ。

バネはいいぞお。いろんなところに使うことができる。

枕を抱きしめ、こてんと寝転がる。

コンコン――。

「ヨシュア。着替えは終わったのかの？」

この声はセコイア。何だよもう。

「ティモタらに礼を言いに行くのじゃろ。着替えなら手伝ってやろう」

あ、そうだった。

わたくし、すっかり忘れておりました。

彼らの不眠不休の活躍により、小箱こと魔力培養器と魔力測定器の数が揃《そろ》ったんだよね。

それはとってもありがたいことなのだけど、彼らに「休め」と伝えても休まない。なので、俺が

「直接礼を言う」という名目で出向いて、彼らに休息を取ってもらおうってわけだ。

さすがに俺から直言されたら、休んでくれるだろ。

——ガチャリ。

動こうとしたってのに、待ちきれなくなった狐耳《きつね》の野生児が俺の了解なんぞ取らずにズカズカと部屋に入って来る。

「何じゃ、ボクと寝たかったのか」

今、立ち上がろうとしていたんだよ。ベッドって一度寝転がるとなかなか起き上がることができないって分かるだろ？

ふうんと顎《あご》をあげ、嫌らしい笑みを浮かべるセコイア。いやいや、幼女もどきと寝ても狭くなるだけだからな。

勘違いされる前に動くか。

「さて、行くか」

ベッドに飛び込んできたセコイアを華麗に回避し、すっくと立ち上がった。

どしゃーんと音がしたが、気にしてはいけない。いい男は慌てないものなんだぜ。

やれやれとカッコよく肩を竦《すく》めた俺はポケットに手をつっこ……ポケットがないな。宙ぶらりんになった手をチラリと見た後、さっそうと歩きだす。

「待つのじゃあ」

「そう来ると思ったぜ」

右……いや左だな。ひょいっと左に体を逸らすと読みが外れセコイア砲弾がクリーンヒットしてしまった。

勢いがよすぎたセコイア砲弾によって前につんのめり、そのまま床にびたーんと……すんでのところで両手で床を支えることなきを得る。

「あ、危ないだろ！」

「元はと言えばキミが」

「分かった。分かったから背中から降りてくれ」

「仕方ないのお。貧弱だから立てぬのだろ」

「……」

首を後ろに向けじとーっと恨めしくセコイアを見つめると、鼻で笑われた！　だけど、背中から降りてくれたから良しとしよう。

職人が集まる建物に顔を出すと、まっさきにマルティナが駆け寄ってきた。

他の人たちは一心不乱に金づちを叩《たた》いていたりと作業の真っ最中だ。やはり、まるで休む気配がないな……。

「よ、よしゅ、あ、さま！」

「パパはお仕事中かな」

俺の足にぺたーっと抱き着いてきたマルティナの頭を撫《な》でる。

仕事中だから気が引けるけど……このまま待っているのもよろしくないよな。

ふうと小さく息をつき、力いっぱい空気を吸い込む。

「集合！」

「しゅ、う、ごう」

俺の言葉にマルティナも続く。

一緒に来たセコイアも真似《まね》するかなと思ったけど、両手を組んでやれやれといった様子で俺たちを見守っていた。

ガタガタと音がして、みんな仕事の手を止め俺の下に集まって来る。

辺境伯という立場を利用した強権発動ですまないないという気持ちを抱きながらも、態度は変えずに一人一人へ目をやった。

一方で集まった全員が神妙な顔で俺を見つめている。

俺に叱責されるとでも思っているのだろうか。

「みんな、この数日間、本当によく頑張ってくれた。心から感謝したい」

「そ、そんな。辺境伯様自らが、勿体《もったい》ないお言葉です」

代表してティモタがわなわなと指先を震わせながら言葉を返す。

「君たちの奮闘があり、病魔に対抗する備えはできた。ただ、どれだけ病魔が広がりを見せるのか不明だ」

「はい。これに安心せず更なる……」

「いや。君たちは君たち自身をいたわるべきだ。連続して仕事に取り組むのは四時間まで。必ず休憩を挟むこと。六日間働いたら必ず半日は休息すること」

「そ、それでは」

「休むと作業が遅くなると思っているかもしれない。だが、実のところ逆なんだ。それに、君たちが体調を崩したら誰《だれ》が道具を作るんだ？」

「ヨシュア様……」

自分で言っていてなんだけど、超ブラックな労働条件だよな。でもいきなり週休二日なんて言っても受け入れる風土が整っていない。

街が黎明期《れいめいき》であるから仕方ないんだけどね。だけど、一年以内には通常状態にしたい。貨幣経済を導入する頃《ころ》には労働環境も整えたいなあ。

え、えっと……。

ティモタら職人たちは、両膝《りょうひざ》をつき感激しはらはらと涙を流しているではないか。

「魔力培養器は他にも使い道があるから、大きさの異なる箱を作って欲しい。ただし、日用品もまだまだ不足しているから箱作りは全体の四分の一くらいの時間を当ててくれ」

「承知いたしました。領民を慮《おもんぱか》るヨシュア様のお気持ち、しかと」

「は、はは。頼んだぞ。絶対にしっかり休むこと」

「はい。ありがとうございます！」

深々と頭を下げる職人たちに向け右手をあげ、くるりと彼らから背を向けた。

◇◇◇

ミーシャ一家がカンパーランドにきてから三週間が過ぎた。

街ではちらほら綿毛病に罹患する人が出ているけど、早期対応することで翌日には完治している。

ルンベルクとシャルロッテも綿毛病に侵されてしまったが、綿毛が体から出る前に回復していた。

これからも断続的に綿毛病患者は発生するだろう。だが、みんなの努力があって一日に五十人くらい患者が出ても対応できる体制を整えた。

いつ収束するか不明だが、綿毛病はもう恐れる病ではなくなったと言えよう。

街は混乱もなく、開拓が急ピッチで進んでいる。

上下水道の整備も完了したし、日を追うごとに建物が増えていっていた。

領民の流入も止まることなく、増え続けている。時に綿毛病を患った者もやって来るけど、すぐに治療に入ることができたからか死者は出ていない。

そうそう、怪我《けが》の功名というのか俺たちは大きな武器を一つ手に入れたんだ。

それは、手軽に持ち運び検査ができるようにとの目的から作った魔道具「魔力培養器」にほかならない。

こいつは電力供給しなくても魔力に満ちた空間を作ることができる。まあ、元になる水晶へ魔力を込めて魔石にするのは電気からなんだけどね。

しかし、手軽に魔力密度を変えて実験できることから多数の素材に魔力を込める実験が捗《はかど》ったんだよ。

覚えているだろうか？　あのサボテンのことを。

ドラゴンフルーツを発見した時にあった星型が綺麗《きれい》なサボテンがあっただろ。

植物鑑定による結果を思い出して欲しい。

『名前：温帯性アストロフィツム（紫変種）
概要：瘦《や》せた土地に育つ。乾燥に強い。稀《まれ》に魔力を含む個体がある。
育て方：湿気に注意。水やりにも注意が必要。
詳細：葉はアルカロイド系の毒を含むため、食用にならない。魔力を帯びた樹液は粘性を持ち煮沸すると結晶化する』

魔力を帯びた個体は非常に稀なんだけど、通常のアストロフィツムから採取した樹液を魔力培養器に入れておくと粘性を持つ。

こいつを煮沸すると天然ゴムのようになるんだよ。

バルトロにひたすらカエルを探してもらったんだけど、ゴムの問題はこれで解決した。

ついでといってはなんだけど、アストロフィツムからは紫色の染料もとれる。

一粒で二度おいしい素晴らしいサボテンだったってわけだ。うんうん。

閑話四　ヨシュア追放後のルーデル公国　三十五日目

　はやり病が「綿毛病」であると特定されたことは喜ばしい。しかし、病の克服というものは一朝一夕で達成できるものではなかった。

　衛生局に届く患者の報告数は日に日に増えて行き、懸命の治療も報われず亡くなる領民もちらほら出ている。

　だが、衛生局も病の収束に対し指をくわえて見ているだけではないのだ。たとえ、手の打ちようのない病だろうが、諦《あきら》めることだけはしない。

　それこそが病の克服に繋《つな》がるのだと、彼らは皆信じている。

　今日も今日とてオジュロを中心とした対策チームが一丸となり、病を克服する方法について研究を進めていた。

　ルーデル公国公都ローゼンハイムにある衛生局は、ヨシュアのいるカンパーランド辺境国を除けば唯一「科学的手法」によって病の原因を究明する手法を採用した機関である。

　ヨシュアの支援とオジュロ伯の資金によって、ここには多数の器具が揃《そろ》えられていた。

　魔力測定器をはじめとした魔道具から、シャーレ、注射器、点滴を行うための器具などヨシュアの知識を基に改良を加えた「科学的」な器具まで多岐に亘《わた》る。

衛生局に勤める者全員が、医療の中心地はここ衛生局だと自負していた。

その考えは恐らく正しい。

魔法的手法のみで考慮するならば、帝国の専門機関の方が優れているかもしれない。

だが、魔法と科学の融合という手法は公国独自のものであり、多大なる成果をあげているのだ。

もっとも、医療に限ったことだけではないが。

話を衛生局に戻す。

「高熱を抑えるだけで、半分の患者は生還するのだ」

「はい。オジュロ様。綿毛病そのものに対処できているわけではありませんが、対症療法だけでも生還率は随分と上昇しているかと」

くるりと巻いた口髭《くちひげ》を指先でピンと弾《はじ》き、目をらんらんと輝かせるオジュロの顔は鬼気迫るものがあった。

くわっと目を見開き、口端から泡を吹きだしそうな勢いで。

対する彼の助手である利発そうな眼鏡の青年は慣れたもので、彼の発言を静かに待っていた。

「綿毛病の原因は判明した。種類は不明だがキノコの種だ。そいつが体内で繁殖し、綿毛となって出てくる」

「はい。時間はかかりましたが、病の原因はキノコによるもので間違いありません」

確認するようなオジュロに青年が相槌《あいづち》を打つ。

コツコツコツ。

オジュロが指先で激しく机を叩く。血走った目がぎょろりと試験管を睨《にら》み、不気味さが際立つ。

「そうかそうか！　そうかそうか！　そうかああああ！」

耳にキンキンくる金切り声を発したオジュロは、両手で左右の髭を思いっきり引っ張った。

むにゅうと頬《ほお》が伸び、血走った目と相まって子供が見たら泣いてしまうことは確実だろう。

興奮した様子のオジュロは続けて右手を大きく振り上げ、ガバッと青年を凝視する。

「ヘルムート！　さっそく取り掛かる」

「オジュロ様、誠に申し訳ございません。説明していただけると」

「そうだった。吾輩《わがはい》の考察を伝えるところからだったな」

多少冷静さを取り戻したのか、ずり落ちた片眼鏡を指先で元の位置に戻したオジュロが近くの椅子に腰かけた。

続いて彼は、眼鏡の青年ヘルムートへ座るよう促す。

一方でヘルムートも白衣の袖《そで》を整えた後、真剣な顔でゆっくりと椅子に座った。

「よいかね。熱を抑えていたとはいえ、本当に何もしなければ綿毛病を克服することなんぞできない」

「私も同じ考えです。ですので、患者の体内で綿毛病を克服する何かが生成されたのでは、と」

「ほうほう。君も同じ考えにいたったか。そこでだな。カビを使った薬があったろう。ヨシュア様が『魔的抗生物質』と名付けた」

「はい。ございます。画期的な薬ですよね！　特に破傷風など悪性の菌が原因で発症する病に効果があります。風邪などの症状にも効果があり、衛生局が開発した薬の中でも最も優れたものの一つかと」

「うむ。アレは菌を潰《つぶ》す薬だ。同じく綿毛病も患者の体内でキノコの種を殲滅《せんめつ》する何かが生成されている。つまり」

「なるほど！　『魔的抗生物質』でもキノコの種を滅することはできません。ならば、克服した患者から」

「いや、患者の中に対抗できうる何かが生成されたことは確かだ。しかし、生成物を取り出すことは困難を極めると踏んでいる。どこだ。患者の血液か、それとも別の何かか」

「おっしゃることは理解できます。確かにしらみつぶしとなりますと、多大なる時間を消費します」

「うむ。そこで発想の転換だよ。綿毛からキノコの種に対抗する薬を作るのだ！」

オジュロは熱っぽく説明を続ける。

動物だけでなく、植物の世界でもそれぞれの種は繁茂するために他種と激しい生存競争をしているのだ。

木々は太陽の陽射《ひざ》しを受けるため、葉を伸ばし他種を陰へ押しやろうとする。キノコも最適な環境を得るため同じ環境に生える植物より先んじようとする。

綿毛病を発症するキノコの種とて例外ではない。

似て非なる他種ならば、本種の成長を妨げ、我こそが繁茂しようとするだろう。

だから、作ってやればよい。

カビから「魔的抗生物質」を精製したように。

「公宮に勤める魔法使いを集めます。もちろん衛生局内で魔力の扱いに長《た》けた者も全《すべ》て招集します！」

オジュロの説明を聞き終えたヘルムートは、力強く自分のすべきことを述べる。

「うむ。頼む。吾輩は綿毛を準備しよう」

「オジュロ様の発想、感服いたしました」

「ははは。ヨシュア様がな、吾輩を信じ、任せてくれたのだ。あの方が『できる』と言ってくださったのだぞ。できないわけがなかろう」

今はここにおらぬ敬愛する元公爵へ思いを馳《は》せながらも、オジュロはさっそく作業に取り掛かるのだった。

数十日後、画期的な新薬がついに完成する。

オジュロX《エックス》と名付けられたこの新薬は、綿毛病の特効薬として世に出た。

重篤な患者には皮下注射で対応し、感染初期の者には丸薬が処方される。

オジュロX《エックス》を大量生産すべく、公都ローゼンハイム中の魔法使いが集められ専用の生産設備も急《きゅう》遽《きょ》建築された。

これにはグラヌール、バルデス両名の尽力も大きい。

ヨシュアが発掘し、育てた人材は彼無き公国を必死で支えていた。

しかし、主無き公国は少しずつ確実にその活力を失いつつある。

◇◇◇

――七日後。

公都から東へ馬に乗り数時間進むと、人の姿が完全に見えなくなる。それどころか、人の手がまるで入っていない自然が広がる地域となるのだ。

公国はヨシュアによって大幅に人の住む地域が増えた。

原因は人口増加も多少関与しているものの、農地の開拓が進んだことが大きい。

ヨシュアは優れた知恵を持つ賢人として、公国だけでなく周辺諸国でも名が知れ渡っていた。しかし、彼自身は特に農業の知識など持ち合わせていない。

植物鑑定スキルでアドバイスができるくらいだ。

だからこそヨシュアは農民や担当大臣の前で幾度かこう演説していた。

「俺はきっかけを与えたに過ぎない。全ては諸君らの弛《たゆ》まぬ努力と情熱により達成されたことなのだ」と。

もっとも、彼の演説を受けた領民たちはそのままの意味で受け取ったとは言い難いが……。そこはヨシュアの知らぬことである。

話を公都東に戻す。

開拓地が広がったとはいえ、公国のおよそ半分は未開拓地域であった。未開拓である理由は様々であるが、街から遠いためより近い地域の開拓が優先されているというのが最も大きな理由である。

他には開拓が困難、または資源がなく得るものが少ない地域というものも多数存在した。

公都東は街から遠く、開拓するのに多数の人員を割かなければならない開拓困難地域とされている。

そんな公都東に騎士団長を中心にした三十名の騎士団が馬に乗り行軍してきた。

彼らはここへ警備に来たわけでも、ましてや開拓しに来たわけでもない。

領民一人さえいないこの地で警備する必要もなく、彼らの領分は領民の安全を確保すること故にそれ以外の任務を負うことなどないからだ。

彼らがこの地へやってきた目的は「公国の街を護《まも》ること」である。

「騎士団長。総員首尾が整いました！」

敬礼する中年の髭を蓄えた騎士がビシッと敬礼する。

礼を返した騎士団長は集合し整列する騎士団へ向け腕をまっすぐ上に掲げた。

「二度目となるが、必ず四人一組で動くように。では聞くぞ。モンスター発見の際は？」

「一に脅威度の判定、二に報告です！」

騎士団長の言葉に対し、騎士団全員が口を揃える。

「うむ。よろしい。脅威度が低い場合はそのまま討伐へ入ってよい。しかし、必ず報告をするように。信号花火の色はどうだ？」

「上から赤、黄、青です！　青ならば即交戦します！」

「よろしい。では総員、十分な水分を摂取した後、探索に移れ」

「ハッ！」

騎士団が揃《そろ》ってビシッと敬礼した。対する騎士団長も礼を返すが、厳しい表情のまま礼を解く。

団員は騎士団長の指示通り、四人一組になりそれぞれ散っていった。

彼らの様子を見守りながら、騎士団長は大きく息を吐く。

しかし、すぐに彼の副官がこの場に残っていることを思い出し、眉間《みけん》に皺《しわ》をよせバツが悪そうに腕を組む。

「はやり病の次はモンスター。嫌になりますな……」

「うむ。しかし、最悪の事態は避けられている」

副官が彼へ言葉をかけ、ワザとらしいため息をつく。

自分のため息を見た彼なりの気遣いに口元が緩みそうになる騎士団長だったが、ぐぐっと口元を引き締める。

部下の手前、切迫したこの状況で緩んだ態度を見せることはできない。

生真面目《きまじめ》な彼はそんなことを考え、兜《かぶと》の緒を締める。

「オジュロ様が気を吐き、はやり病は広がりを見せているものの重篤化する者がいなくなりました」

「あの立ち振る舞いには辟易《へきえき》したものだが、伯の才能は確かだな」

「目が血走ってましたし、口髭《くちひげ》を引っ張り過ぎですよね」

「……伯にそのようなことを」

「団長、顔が緩んでいますよ」

白い歯を見せ嬉《うれ》しそうな顔をする副官にやれやれと肩を竦《すく》める騎士団長。

しかし、彼は言葉にこそ出さないが副官に感謝していた。

こうやって彼はいつも固くなり過ぎた自分の肩の力を抜いてくれる。

「今度は我らが気を吐かねばな」

「団長が厳しく訓練を課した騎士たちです」

「魔術師長、聖女様のお力添えがあり、モンスターの動きを感知できたのだ。ここまでお膳立《ぜんだ》てされて奮い立たぬ我らではない」

「いかにも！」

拳《こぶし》をコツンと打ち付けあう彼らはニヤリと口端をあげた。

その時、空に赤い花火があがる。

「さっそく大物か」

「幸先《さいさき》がよいことですね！」

「言うではないか」

冗談を交わしつつも、二人は花火があがった方向へ進み始めていた。

ルーデル公国でも帝国などの周辺諸国と同様にお抱えの魔法使いが公宮に勤めている。

公国の魔術師団は帝国魔術師と比べれば劣るが、それでも優秀な者が揃っていた。

魔法で身を立てるには優れた資質とたゆまぬ努力が必要で、取り立てられることがなかった魔法使いには冒険者になる者も多い。

冒険者の中でもほんの一握りの魔法使いは帝国魔術師と比べても遜色《そんしょく》ない者もいる。そういった魔法使いは組織に属すことを嫌う者たちだった。

余談ではあるが、セコイアのように一人研究に身を投じながらも、超一流と呼べる者は例外中の例外で世界に片手の指で数えられるほどしかいない。

話が逸《そ》れたが、公国の魔術師を束ねる魔術師長が「大地の魔力の流れに違和感を覚えた」と報告。魔術師長が聖女へ相談を持ち掛けたところ、彼女もまた魔力の流れを感じ取っていた。

その後、聖女の協力を得た公国の魔術師団が「魔力だまり」のある公国東から、魔力が流れ出していることを突き止める。

「それにしても、ランクの高い魔物ほど魔力だまりを好むとは……確かに言われてみればそうだな」

「寝床が無くなったから、寝床を探し始める、でしたか。そのまま大人しくしておいて欲しいものですね」

「そう願いたいところだが、我々の言葉が通じる相手ではないからな。街を襲撃されればことだ。ここで、討伐させてもらう」

「ええ」

疾走する騎士団長と副官は並走しつつ、確認するように言葉を交わす。

重い鎧《よろい》を身につけているというのに、二人の息はまるで乱れていない。

それもそのはず、実力者揃いの騎士団の中でもこの二人は群を抜いて強い。

特に騎士団長は公国一と言われるほどであった。

「騎士団長殿がいらっしゃれば、倒せぬモンスターなんていませんよ！」

「私などまだまだだ。騎士の中の騎士『ファーゴット卿《きよう》』に比べれば……」

「ファーゴット卿……鬼神のような強さでした。ですが、もう隠居されたとか。卿も随分なお歳《とし》ですし」

世間的にはファーゴット卿は隠居したことになっている。

騎士団長を含め一部の者しか知らぬことだが、彼は英雄という世間体を隠し執事となっていた。

もちろんただの執事ではない。

公国の宝を御護りすべく、先代公爵から直々に命を受けてである。

「ほう、火竜か」

「団員では荷が重いですな。先手は私から行かせて頂きます！」

そう言うが早いか、副官は長槍《ながやり》を握りしめ巨大な竜に狙《ねら》いをつけた。

エピローグ　予言と神託の意味とは？

鍛冶《かじ》場に備え付けられた黒板にカリカリと字を書きながらちょこんと椅子の上に立ったペンギンに講義をしている。

知的な彼に俺が教えるとか何だか不思議な気持ちだけど……。

知的好奇心の強い彼とセコイアには、知ることができることはなんでも知っていてもらいたいと思う。

俺から伝えようとしなくても、向こうからグイグイくるのでこちらが対応しきれないほどだけど、ね。

今日はたまたま待ち時間ができたので、彼が以前から気になっていたらしいこの世界の歴史について語っていたというわけだ。

『ほうほう。帝国から分離独立し公国となったと。であるから、王ではなく公爵が一国の主というのか』

『俺やペンギンさんからしたら確かに違和感を覚えるかもしれない。ローマ帝国は知っている？』

『もちろんだとも。ふむ。王号を公爵に置きかえればいいのかね？』

『細かくは違うんだけど、俺にとってはそれが一番しっくりきた』

かつて人間世界は多くの国がひしめく群雄割拠状態だった。

戦いを繰り返すうちに次第に強国と小国に分かれ、最終的に一つの国が人間世界を支配する。

その国は帝国となり、帝国の元で人間社会は一時的に平和を謳歌《おうか》することになった。いわゆる、「帝国の春」と言われている時代だ。

その後、帝国は地球の歴史でもよくあったように時間の経過とともに腐敗していく。

力をつけた貴族が争い、再び戦乱の世に舞い戻る。

帝国の領域は半減したばかりでなく内乱が続き、残る地域も元帝国貴族がお互いに争う始末だった。

そんな最中、聖教と聖女の活躍があり、帝国は半減した地域を再統一する。

残った地域も公国をはじめとしたいくつかの国が自立したものの、平和を取り戻す。

公国の初代公爵は元皇帝の腹心で、彼をいたく尊敬していたそうだ。紆余《うよ》曲折《きよくせつ》があり、一国の主となっても彼は帝国を重んじ自らを公爵とした。

もちろん、帝国の公爵としての地位を保持していないのだが、形式上帝国から爵位を授与された状態になり今も続いている。

といっても、完全なる独立国家なので帝国から何かを命じられるわけではないのだけど。

『ふむ。宗教の下にゆるやかな文化的素地を共有しているのかね？』

『んー。元々同じ国だった歴史があるから、地球史とは少し違うかな。人間以外の種族が起こした国もあるし』

ペンギンはフリッパーをパタパタさせ興味深いといった風に嘴《くちばし》をパカパカ打ち鳴らした。

『聖教と聖女が、と言っていたね。この世界の宗教は地球と異なるのかね？』

『うーん。似たところもあるけど、似ていないところもある。この世界には「ギフト」っていう産まれながらの力があってさ。魔法みたいなものなんだけど』

『ほうほう。確か君も植物鑑定を持っていたね。私も何らかの鑑定能力が欲しい。ネイサンくんの浄化の力も素晴らしい！』

『聖女は神の声を聞く「神託」、枢機卿《すうききょう》は「予言」というギフトを持っている』

『神の声かね。にわかには信じがたいが……この世界には神が実在し顕現するのかね！』

『いや、それは分からない。声は本当に神の声なのかも不明ってのが俺の見解だ。だけど、神託と予言には確かに「未来を見通す力」がある』

『ふむふむ』

ひょいっと椅子から飛び降りたペンギンはよちよちと黒板の下まできて、つま先立ちになる。

板書の何かを指し示したいみたいだけど、届かないらしい。

よっし、ここは俺が手伝ってやらねば。

ペンギンの後ろに回り、脇の下に手を通し持ち上げ……お、重いな。

「ふんぬう」

気合を入れ歯を食いしばったものの、膝《ひざ》が小鹿のように。

その時、後ろから凛《りん》とした声が。

「閣下！　どうされましたか？」

「ペンギンさんと公国の歴史を振り返っていたんだ」

ぱっとペンギンから手を放し、ぽんぽんとワザとらしく服をはたきながら声の主――シャルロッテの方へ体ごと向きを変える。

「歴史……でありますか！　さすが閣下です。寸暇を惜しんで仕事に励む。自分も、もっともっと見習わねばなりません！」

「あ、うん」

「ペンギン氏がパタパタしておりますが、よろしいのでしょうか」

「黒板に触れたいらしい」

「承知しました！」

今日も赤毛をアップにして髪型もバッチリ決まっているシャルロッテは、白銀の鎧を鳴らしながらペンギンを後ろから両手で掴《つか》み上げる。

そういやアルルもあんなに華奢《きゃしゃ》だってのにペンギンを抱っこしたまま軽々と歩いていたな……。

俺はそこまでひ弱なんだっけ、いやいやそんなはずは。最近特に運動不足だったのかもしれない。

魔力が5なのが原因？　だったら嫌だなあ。

一方で抱えあげられたペンギンはフリッパーを上に伸ばし、パタパタと足をばたつかせていた。

どうも指し示したい場所があるみたいなんだけど、板書の上の方なのだろうな。

『ペンギンさん、言葉にした方が早い』

『確かに』

『その前に、シャルへ同時通訳をしてもらえるようセコイアに頼める？』

『もちろんだとも』

便利な同時通訳機セコイアは離れた場所にいてもペンギンと脳内で会話することができる。ペンギンとできるのだから、他の人ともできるというわけだ。

ただし、セコイアと面識があり、相手がセコイアとの会話を受け入れた場合に限る。

シャルロッテはどちらも満たすので同時通訳可能ってわけなのだ。

実のところ、ペンギンは八割方公国の言葉を理解しているように思える。だけど、敢《あ》えて日本語で通しているのかな？

誤解を招かないように、が一番大きな理由だと思う。

挨拶《あいさつ》程度だったら、そのうち公国語を使いそうな気もする。

『歴代の公爵は脈々と続いてきた。ヨシュアくんも公爵だった。だが、この次が空白になっている。短い付き合いであるが、君が後継者も決めず任務を放り出すような者には思えないんだが』

「閣下は神託と予言の誤解によって、この地に参られたのです！」

俺が何かを言う前に間髪いれずシャルロッテが口を挟む。

まるで自分のことのように必死で否定する彼女にペンギンもぽかんと嘴が開きっぱなしになっていた。

『彼の能力と人柄は疑う余地もない。彼を慕い公国から来た領民たちの姿から察するに明らかだ。

予言と神託の誤解……なるほど。一理ある』

「神託や予言は懇切丁寧に説明してくれるわけじゃないから。何を示すのか慎重に吟味する必要はある」

『君は内容を知っているのかね？』

「いや、今回は聞かなかった。俺に関することだったから、俺が聞いて、いや、『意味が異なる』なんて言ってみろ」

『和を重んじる君らしい』

さすがペンギン。察しが早くて助かる。

正直、あの時そこまで考えが及んでいなかったなんて余計なことを言うつもりはない。

「これで激務から解放される、やったぜ」で頭が一杯になってしまってさ。

公国だっていつまでも聖女が差配するはずもないし、ルーデル家に連なる誰かが後を継ぐだろう。

ひょっとしたら、このまま君主制を廃止して……なんてこともあるかもしれない。

気持ちが収まらないのか、珍しくシャルロッテが自分の意見を述べる。

「閣下によって繁栄をもたらされた公国は、閣下なしで立ちゆくとは思えません」

「中央組織は整えた。グラヌール、バルデス、オジュロ、数え上げればきりがない」

「そうであればよいのですが……」

長い睫毛《まつげ》を震わせるシャルロッテに一抹の不安を覚えた。

ペンギンはペンギンで何か考えがあるようで、顎《あご》にフリッパーを当てようとしている。もちろん、届かないが。

「確かにシャルの意見も一理ある。突然トップがいなくなった組織に多少の混乱が起こることはあるだろう」

「閣下のお力は閣下が考える以上にかけがえのないものなのです。オラクルも閣下があってこそ」

シャルロッテに気を遣って言ったものの、公国に残してきた人材は本当に優秀であることは間違いない。

社長が突然逃亡したとしても、ブツブツ文句を言いつつ優秀な社員が会社を盛り立ててくれる。

しかし、公国の内情を知るシャルロッテがここまで言うのだ。

念のため別方向から動くとするか。

「予言と神託の内容を調べることはできるか？」

『ヨシュアくん。私もそれが気になるのだよ。是非とも情報を入手して欲しい』

今度はシャルロッテに先んじてペンギンが口を挟む。

「閣下。予言と神託の内容を調査します。それほどお時間かからず、お伝えできるかと」

「急がなくていい。その代わりと言っては何だけど、一言一句正確な情報を頼む」

「承知しております。情報を複数入手し、整合いたします」

「ありがとう」

額に手を当て敬礼するシャルロッテは生気に満ちていた。

任務となると燃えるのが彼女である。さすがワーカホリック……でも、仕事を自分で増やす俺も俺だよな……うん。

『ヨシュアくん。情報入手前だが、少し認識合わせをしてもらえないか？　君も同じようなことを考えていると思うのだが』

「神託と予言のこと？」

『いかにも。大前提として謙虚な君のことだ。自分が公国にいなくとももと考えているかもしれない。しかし』

「うん。特に俺が追放されるような理由はないってことだよな」

『まあ、それでいい。理由なき君が公国を追われた。その理由が神託と予言にあった』

「神託と予言は慎重に吟味されているはずだ。その結果、俺が追放だった」

『ふむ。そのことから、予想されることは二つだ』

指を二本立てたつもりだったのだろうけど、残念ながらフリッパーは二又に分かれていない。

ピンとフリッパーを上にあげたペンギンだったが、ちらっと自分のフリッパーを見て俺と目を合わす。

そんなつぶらな目で見られても、困る……。

予想されることか。

一つは文章の読み間違いだろう。

追放と何かを勘違いしたという線。シャルロッテの予想だな。

「もう一つは……あ……」

『君もそこに興味を持ったのだろう。私もそこを懸念した』

おいおい、何でもっと早くこのことに気が付かなかったんだよ俺！

俺自身のことについて述べたのだろう神託と予言に自分は触れるべきじゃないと思っていた。

本来ならば、触れるべきじゃあないことは確かなんだけど……この可能性に気が付いてしまったからには何としても予言と神託の内容を入手せねば。

「閣下。申し訳ありません。自分にもご説明いただけるとありがたいのですが……」

おずおずとシャルロッテが上目遣いで尋ねてくる。

「ごめん。勝手に進めてしまって。一つはシャルの予想している『誤認』だ。もう一つは全く別の視点になる」

「と言いますと？」

「カンパーランドに行く理由が追放ではなく、退避だったとしたらどうだ？」

「……ま、まさか……そ、そんな……」

「一つの可能性だ。予言と神託から読み取ることのできる可能性についてはできる限り考慮した方がいい」

神託と予言は意味の取り違えがあったにしろ、必ず「当たる」んだ。

俺がカンパーランドに行く、じゃあなくてもカンパーランドに公国の民全《すべ》てを移動させる、など何でもいいのだが、理由が「追放」ではなく「緊急退避」だったとしたらどうだろう。

未曾有《みぞう》の災害が公国に迫っているから、なんて理由が言葉の裏にあったとしたら……。

有り得ない話かもしれない。だけど、ペンギンとシャルロッテの言葉を信じるのなら、そもそも俺が公国を離れること自体が「有り得ないこと」なのだから。

有り得ないことが起こる原因は……と考えると不安ばかりが募る。

『ともかく、情報を入手するまでは何とも言えんよ。シャルロッテくんのもたらす情報を待とう』

「だな。シャルが来たってことは準備が整ったってことかな？」

ペンギンの意見にうむうむと頷《うなず》きつつ、今度はシャルロッテに確認を取る。

「はい。準備が滞りなく済んでおります！」

「待たせちゃったな。よし、行こう」

綿毛病の件があってから、早一か月、街は収穫期になっていた。

これまでのところ、街の発展は順調すぎるくらいだ。これもみんなの頑張りがあってのこと。

気になるのは、神託と予言だな。

「確定的未来」という言葉は好きじゃないんだけど、この世界には神託と予言というものがある。

一体何が起こるのか、今はまだ分からない。だが、神託と予言のことを考えれば考えるほど、胸騒ぎが止まらないんだ。

窓の外へ目をやると、雲一つない晴天が広がっていた。

特別編一　牛のお世話

――シャルロッテ。

うもおお。

ノンビリとした牛の鳴き声が私の心を癒《いや》してくれます。

牛は嫌いじゃありません。正直申しますと、自分はトカゲの方が好みですが……。

しかし、ヨシュア様に新鮮な牛乳をお届けするため牛の健康管理は欠かせないであります。

綿毛病の影響で鍛冶場《かじ》に隔離となり、その後、自分が綿毛病に罹患《りかん》してしまったことから牧場を訪れるのも久方ぶりとなってしまいました。

「元気にしておりましたか？」

牛の背中にある黒い斑点《はんてん》を撫《な》でると、うもおと鳴き声で返ってきたであります。

自分がいない間、トーマスさんに世話をお願いしていたのですが、自分が管理している時以上に牛が元気なような。

トーマスさんの専門は牧場ではなく農地な上に、本業の農作業も変わらずこなしておりました。

それでも、これだけ見事な体調管理を行うとは、私もまだまだ修行が足りません。

誠心誠意、鋭意努力しなければ、ヨシュア様に素敵な牛乳をお届けすることができませんね。

拳《こぶし》をぎゅっと握りしめ、「頑張れ、自分」と三度唱えました。

その時、ひゅーっと風を切る音が聞こえた気が。

顔をあげると、右手から左手に向けトカゲらしき影が滑空していく姿が見えました。

見事なエメラルドグリーンの体色に小さな翼を持つ尻尾《しっぽ》の長いトカゲ。翼の形はドラゴンに似ています。

愛らしい。

目で追いましたが、飛翔《ひしょう》するスピードが速くすぐに見えなくなってしまいました。

残念……です。

飛ぶと言えば、ヨシュア様に乗せて頂いた気球には感激いたしました。

人が飛竜の手を借りることなく、空を飛ぶことができるなんて！

ヨシュア様はペンギン氏とセコイアさん、ガラムさん、トーレさんの力だと謙遜《けんそん》しておられましたが、ちゃんと存じておりますよ。

ヨシュア様が発案し、気球プロジェクトを推進していたことを。

毎日毎日、ちゃんと政務をこなされているというのに、気球の製作までこなしてしまわれるとは。

さすがヨシュア様であります！

自分も、もっともっともっともっと働かないと。

「気球も良いのですが、やはり自分は飛竜で空に行ってみたいです」

先ほど見た翼の生えたトカゲの姿を思い出し、はああと息を吐きだしました。

勇壮な飛竜の背にヨシュア様がまたがり、彼の後ろに私が。

ヨシュア様が凛々《りり》しく手綱《たづな》を引き、飛竜が空へと駆け上がるんです。

彼の後ろに座る私が感動して息を呑《の》み、ヨシュア様はくすりとしたりして！

それでそれで、強い風が吹いちゃったりするんです。

『シャル。危ないからちゃんと掴《つか》まっていろよ』

『ですが、閣下』

そっとヨシュア様の肩に両手を乗せると、彼のたくましい手が自分の右手を握ります。

『ちゃんと掴まっていろって言っただろ』

『は、はい』

ぎゅーっとヨシュア様の背中にしがみつくと彼は満足したように頷き、涼やかな笑顔を浮かべました。

「……わ、私は何という破廉恥な妄想を……」

緩んだ顔に活を入れると、頬《ほお》が真っ赤《まか》になってしまい、自己嫌悪に陥ってしまいます。

はああ。

「シャルロッテ様、お手伝いいたしましょうか？」

「ひゃああ！　エ、エリーさん！　私は決してそのようなことは」

突然後ろに立たれるとビックリして頭の中がぐちゃぐちゃになってしまいました。

今日も前髪がきっちり揃《そろ》っていて、身だしなみが完璧《かんぺき》なエリーさんが私の謎発言に対し首を傾けています。

「そのようなとは？」

「閣下が……い、いえ閣下に牛乳をお届けいたしませんと」

「お手伝いさせていただきます！」

エリーさんがしゃがみ込んで牛へ手を伸ばしたので、自分がと彼女に向け目で合図を送りました。察してくれた彼女は桶《おけ》を構え、乳しぼりをする自分の手助けをしてくれることに。

うもおお。

ノンビリとした牛の鳴き声が心地よいです。

その時また、先ほど見た翼の生えたトカゲが空を飛ぶ姿が見えました。

その姿に赤面してしまう。

またしてもため息をつきそうになる自分に活を入れようとしましたが、両手が塞《ふさ》がっているため諦《あきら》めました。

特別編二　ヨシュアの花嫁

とある晴れた日の昼下がり、屋敷の一室で大きな布が広げられていた。

正座をしたエリーとアルルが並んで座り、ちくちくと布を縫っている。

無言でちくちくちくちくちくと一心に布を縫う二人であったが、突然開いた扉によって作業の手が止まった。

「首尾はどうじゃ？」

「あと半分といったところです」

やって来たのはいつもながら狐《きつね》耳と尻尾が愛らしいセコイアである。

彼女は彼女で別の作業をしているようで、時折こうして二人の様子を見に来ていた。

「しかし、これが空を飛ぶなんてのお。カガクとは本当に興味深い」

「空を。飛ぶの？」

いひひと顔を緩ませるセコイアに向け、アルルがコテンと首をかしげ問いかける。

「そうじゃ。ヨシュアが言っておったぞ。『気球』なるものを作るんじゃと」

「すごーい。アルルも空へ行けるかな」

「猫娘はヨシュアの『お気に入り』じゃからの。連れてってくれるじゃろ」

「やったー！」

両手で万歳のポーズを取るアルルは満面の笑みを浮かべていた。

一方、じっと彼女らのやり取りを聞いていたエリーの細い眉《まゆ》がピクリと動く。

「お気に入り……」

「なんじゃ、エリー。気になるのかの」

「い、いえ……そのようなことは」

「キミもヨシュアのお気に入りじゃろ。ヨシュアの髪を触りたい放題なのは、キミだけじゃからな」

「ご存じだったのですか！」

「そらのお。でもボクは遠慮せぬぞ。ヨシュアの嫁の座を獲得するのじゃ」

「……妃《きさき》など畏《おそ》れ多《おお》いです」

真っ赤になったエリーがぶんぶんと首を振る。

そんな彼女の態度にセコイアはいい笑顔でぐりぐりと彼女の肩を肘《ひじ》で突っつく。

「その割に真っ赤になりおってからに」

「ヨシュア様と私ではまるで釣り合いません！」

「それは、身分が、とかかの？　塩を送るわけじゃないが、そんなくだらぬものなどヨシュアは気にせんぞ」

「はわはは」

セコイアの怒涛《どとう》の突っ込みにエリーの頭が沸騰しきり、くらくらと目が回っていた。

み、身分など気にされないと言われましても、わ、私、じゃあ、凛々しいヨシュア様の横に立つなんてこと……きゃあああ。

脳内でグルグルと思考が回転し、今度はブルブルと全身を震わせるエリー。

完全にあっちの世界にいってしまったエリーをよそに、アルルがぷるんとした唇に指先をあて口角をあげる。

「アルル。ヨシュア様と一緒がいい。一緒にいられたら、アルルはメイドでもお茶くみでもいいの」

「ぐ、ぐぬぬ。今の、結構きゅんとしてしまったぞ。やるではないか猫娘」

「ヨシュア様の。横じゃなくても。アルルはヨシュア様の傍《そば》にいられたら」

「こ、こやつめえ。では、横にいるのは誰《だれ》がよいのじゃ？」

「うーん。アルル、難しいこと分からないよ？」

さすがのセコイアもアルルの純真さは苦手らしく、これ以上追及することはやめたようだった。

「ヨシュア様のお隣に立たれる方。さぞお美しい方なのでしょうね」

「そこで自分がと言わぬところが情けないのお」

「そ、そんなセコイアさん！　私など」

「なんじゃ。誰を想像しておったのじゃ？　聖女かその辺かの？　まさかボクを。うふふふ」

セコイアさんじゃないんですが……なんてことなど言えるはずがないエリーは、苦笑いを返すのが精一杯の様子である。

それにしても聖女様かあ。

聖女様はこの世のものとは思えぬほどお美しいお方でした。

神の世界から降りて来られた女神様のような。ですが、ヨシュア様の凛々しくて涼やかなものとは違い、あのお方は近寄りがたいものがあります。

神々しい……いえ、畏怖《いふ》を覚える、とでも言えばいいのでしょうか。

聖女の姿を想像し、そんなことを頭に巡らせるエリーなのであった。

「エリーは。セコイアさんのこと。思い浮かべてないいんじゃないかな？」

「なんじゃとおお。聖女か、それとも牛娘か？」

「さあ。みんなヨシュア様のこと大好き？」

「そうじゃの。牛娘は分かりやすいが、聖女もきっと、そうじゃ。ライバルが多すぎじゃろ。いっそ攫《さら》うか」

不穏なことを口にしたセコイアはにやけた表情を引き締め、部屋を出て行く。

「セコイアさん、ヨシュア様を？」

「冗談を真に受けちゃだめ。セコイアさんのあの顔はお仕事だからよ」

「そうなの？」

「そうなのよ」

ちくちくと再び布を縫い始める二人であった。

あとがき

『追放された転生公爵は、辺境でのんびりと畑を耕したかった』三巻を手に取っていただきありがとうございます。

表紙の気球は見ていただけましたでしょうか！　あがってきたラフを拝見させていただいた時、思わず小躍りしてしまいました。まさか、ペンギン気球が採用になるとは思っておらず。なんてことがありながら、順調に制作が進みました。

また、三巻本編ではこれまで順調だった街作りにはじめて障害が発生します。一方、公国側でも変化が……と動きのある巻となりました。

最後に謝辞を。いつもいつもとなりますが、ウェブ版でご支援いただいた読者の方々。科学考証、励ましなど後押しくださりありがとうございます。

そして、今回も素敵なイラストを描いてくださったあんべよしろう様。コミカライズを盛り上げてくださる佐藤夕子《さとうゆうこ》様。本作を二人三脚で作ってくださった編集さん。本作を手に取りお読みいただいた読者様。

この場を借りてお礼申し上げます。

カドカワBOOKS

追放《ついほう》された転生《てんせい》公爵《こうしやく》は、辺境《へんきよう》でのんびりと畑《はたけ》を耕《たがや》したかった 3
〜来《く》るなというのに領民《りようみん》が沢山《たくさん》来《く》るから内政《ないせい》無双《むそう》をすることに〜

2021年 6 月10日　初版発行
2021年12月25日　再版発行

著者／うみ

発行者／青柳昌行

発行／株式会社KADOKAWA

〒102-8177
東京都千代田区富士見2-13-3
電話／0570-002-301（ナビダイヤル）

編集／カドカワBOOKS編集部

印刷所／暁印刷

製本所／本間製本

●お問い合わせ
https://www.kadokawa.co.jp/（「お問い合わせ」へお進みください）
※内容によっては、お答えできない場合があります。
※サポートは日本国内のみとさせていただきます。
※Japanese text only

Printed in Japan
ISBN 978-4-04-074127-7 C0093